GOBOOKS
& SITAK
GROUP©

GOBOOKS & SITAK GROUP©

三日月書版

三日月書版

輕世代
FW128

隔壁の美少女是傳龍不可以嗎？

1

長音◆NOVEL
ILLUST◆雨宮luky

三日月書版

隔壁の美少女是傳龍不可以嗎？

目錄

龍羽黑

17歲，雲景高中一年級。喜歡黑色的服飾。
有一點大小姐性格，身為驕傲尊貴的龍族，卻因為年紀輕的緣故，對人類世界的知識不足，常常犯下一些傻事。
不喜歡被兄姐當作小孩子看待，時常想證明自己可以獨立自主。
畢竟是女孩子，私下喜歡可愛的小東西。

韓宇庭

16歲，雲景高中一年級。
綽號是班長，在班上擔任的卻是副班長。
性格溫和、老實，平常不太與人爭執，像個好好先生一樣禮讓他人，但遇到必須保護的東西時，內心能夠激發出勇氣。
受到瘋迷於奇幻魔法的媽媽影響，對智慧種族非常有興趣，偏偏得了「智慧種族過敏症」，而相當苦惱。未來希望念和智慧種族相關的科系。

序

在一個風和日麗的早晨，韓宇庭吃過早餐，像往常一樣出了門。天空晴朗，白雲飄浮，大概又是美好的一天吧。

聽媽媽說，隔壁的空房終於有新鄰居要搬來了，不知道是怎麼樣的人呢？真是期待。

從家裡走到公車站牌，大約需要十分鐘的路程，因此時間必須算準才行，現在出發剛剛好。下定了決心，韓宇庭朝氣蓬勃地跨出了腳步。

就在這時，他看見隔壁的花園裡，有一條龍。

龍正攀在花園的大樹上，全神貫注地修剪著枝頭的葉子，一轉眼，牠注意到了韓宇庭。

韓宇庭愣住了。

龍也愣住了。

「……您好。」龍很禮貌地說。

「……您好。」韓宇庭也很禮貌地說。

……。

一、鄰家有龍

「起立，敬禮——謝謝老師。」

「好，今天的課程就上到這裡，同學們回家別忘記多多複習。韓宇庭！關於今天早自習小考不及格的事情，待會來我辦公室好好解釋。」

唐老師收了收講臺上的課本、測驗卷，大步走出了教室。

經過了一整天的疲勞轟炸後，總算能從課業的桎梏裡頭暫時解放出來，同學們紛紛興高采烈地討論起放學後要去哪裡玩，只有韓宇庭擺著一張臭臉，用力地把課本扔進書包。

「哎唷，韓宇庭，心情不好喔？」

「砲灰你近視了嗎？這麼明顯的事還要問啊？」

「別說了，早上的小考成績一塌糊塗，真是有夠悶。」

韓宇庭嘟囔了一聲，煩躁地揮揮手，然而湊到桌邊取笑他的兩名同學卻一點都不在意地笑了起來。

他們是韓宇庭最好的朋友。一位是高高瘦瘦的吳志豪，在班上綽號叫做「砲灰」，另一位活潑開朗的女同學叫做黎雅心。三人從國中時期便是同學，上了高中也同班，感情十分融洽。

「好了啦，韓宇庭，不要生氣，唐老師那麼溫柔，就算念人也不會多可怕，你當作耳邊風聽一聽就算啦！」黎雅心勸道。

砲灰則是把手放到了腦後，隨口附和：「是呀，下次考試前多讀一點書就是了。」

「我才不是沒有讀書呢！我昨天還拚命讀到兩點半耶！唉，都是因為今天早上遲到，才害我考卷寫不完。」

「熬夜起不了床喔？」

「不是。」韓宇庭皺著眉，「我今天不是和你們講過了嗎？」

「拜託，誰會相信你那種鬼話！」砲灰哈哈大笑，一副「你得了吧」的樣子，拍著韓宇庭的肩膀說，「你是要說『因為我早上看見了一條龍』，所以才遲到的嗎？哈哈哈哈……」

「別笑啦，我會生氣喔！」

「哎唷～我好怕喔～嘖嘖，韓宇庭，爸爸不是說過睡覺要穿衣服嗎，你看看你，都看到幻覺了，是不是感冒啦？」砲灰故意伸出手貼著韓宇庭的額頭，用一副老爸的口氣說話。

「吼！」韓宇庭扭了一下頭，想把砲灰的手給咬斷。

「欸、欸！別這樣嘛，韓宇庭，你是真的生病了嗎？」砲灰仍舊學不會教訓似地嘻嘻直笑，「得了狂犬病？」

「你少在那邊亂講話！」

「那、那你是真的睡覺都沒有穿衣服嗎？」黎雅心也打趣跟進。

「喔，拜託，雅心，妳不要聽砲灰豪臭蓋好嗎？」

嗚哇，班上有好多人的視線都轉向這裡了啦！

兩名好友接二連三的攻勢，弄得韓宇庭啼笑皆非。砲灰實在是太白目，居然還發出了幸災樂禍的大笑聲。黎雅心則是故意用手遮著臉，裝出完全不認識韓宇庭的樣子。

「好了啦，你別笑了！」

在砲灰肆無忌憚的笑聲中，又讓韓宇庭回憶起了當天早上的情景——

「您好，初次見面，我是剛搬來這裡的住戶。」看見韓宇庭，龍連忙拍了拍牠的雙手……雙爪？鄭重地開口，「新來乍到，未來得及向您問候，若有唐突冒犯，還請海涵，請問鄰居的大名是？」

「呃……我是韓宇庭。」

「原來是韓先生。」龍客氣地鞠躬，「請多指教。」

「請多指教。」不知道為什麼，韓宇庭也鞠了個躬，「啊，不好了，我上學快要遲到了。」

「噢！這樣啊，那您趕快去吧！請慢走。」龍友善地揮了揮手。

韓宇庭匆匆忙忙地回應了龍一句，就趕緊向公車站牌狂奔而去了——到最後，當然沒有趕上公車。

唉，都是因為龍，不過說出來大家都當我在開玩笑。

韓宇庭用力地甩上書包，大步走向教室外，「不相信就算了。我去找唐老師了，再見。」

「祝福你能完好無缺地回來啊。」砲灰在他的背後擠眉弄眼地大聲說道。

不過他只是在開玩笑，唐老師的性格很溫柔，韓宇庭猜想自己八成不會受到太重的懲罰。

「你說你看到了龍？這個……韓宇庭，你是不是感冒燒壞了腦袋呀？」

唐老師眨了眨眼睛，一臉擔憂地望著韓宇庭。

韓宇庭無奈地說，「老師，我沒有感冒啦！」

「是喔，呼……那就好。」唐老師是一名身材矮小、有些神經質的年輕老師，然而不可否認的是，她確實很關心學生。

「老師聽吳志豪同學說，宇庭你都不穿衣服睡覺，以後不可以這個樣子喔！」

韓宇庭簡直快哭出來了，他無力地垂下肩膀，「老師……不要聽他瞎扯，拜託。」

「咦，是這樣嗎？」

唐老師人雖然好，卻有點缺乏分辨玩笑話的能力，聽到了韓宇庭再三保證自己的健康，以及一定有穿衣服睡覺以後，她才露出了真摯溫暖的笑容，「這樣就好。宇庭你是老師最倚重的副班長，一定要好好注意自己的健康喔！」

韓宇庭感動地望著老師，覺得老師真是世界上最關心自己的人。

「不過啊，老師已經請別的老師調查過了，雲景市內最近並沒有龍申請調入戶籍的紀錄。雖然龍是排名在『智慧種族列表』的第一個種族，但是別說本市了，自從聯合國通過《智慧種族大憲章》以來，根本沒有龍在人類的面前出現過。你可以在本市找到吸血鬼、狼人、波特塔蜥蜴人，但是絕對不可能有龍，知道嗎？」

「知道。」

對於「智慧種族」存在的相關知識，韓宇庭可是熟得不得了。

「好啦，那下次好好準備考試，這次老師就不處罰你了。回去吧！」

唐老師龍飛鳳舞地批改完了考卷，把分數慘兮兮的卷子還給韓宇庭。韓宇庭如釋重負，謝過老師，步伐輕快地走出了辦公室的大門。

韓宇庭家位在雲景市一處中古別墅社區裡頭，三層樓高的建築成排林立，距離嘈雜的大馬路有一段距離，地段幽靜，卻也不失交通便利。

雖然屋齡已經有二、三十年了，然而經過仔細地修繕打理，依舊維持著相當不錯的環境，屋外甚至有一處小小的車庫花園。韓宇庭的父母在花園栽植了一些盆栽，一望出去就可以飽覽滿窗的綠意。

只不過，韓家的左鄰右舍倒是空了很久都還沒租出去，直到今天早上——

熱鬧的晚餐時刻，韓宇庭陪著爸爸媽媽一邊吃飯一邊看電視。韓宇庭的父母從小對子女採取放牧式的教養方式，任其自由發展，雖然不太過問考試成績，但很強調孩子的品德教育以及家庭生活，因此，大家在晚餐時一定盡可能地聚在一起吃飯，也要找出共同的話題聊天。

不過平時不怎麼關心新聞的媽媽，最近每到吃飯時間一定會準時收看晚間報導，神情專注得就像是新聞主播的粉絲一樣。

電視開得很大聲，把韓宇庭吃飯的聲音都蓋掉了。

「國會今日為了是否通過《智慧種族健保法案》而爭辯不休，相關當局估算，目前我國國內的智慧種族約有五十多萬人，種類繁多，而各種族需要的特殊照護與醫療服務大不相同，一旦法案通過，將可能為政府帶來龐大的財政負擔。」

電視上的新聞報導，就連韓宇庭也豎起耳朵專心聆聽起來。

「媽媽，國會怎麼還不快點通過智慧種族的保護法案呢？聯合國不都已經通過大憲章了嗎？」

「因為只要在政府工作的傢伙，辦事總是缺乏效率。」

媽媽扒了一口飯，舉起筷子在空中揮舞，就像個老師一樣地對自己的孩子說：「雖然聯合國正式承認了智慧種族的存在，而且我國也有不少居民，可是他們終究還是少數，加上他們的需求和人類常常差異很大，一時三刻想要滿足他們的需要可不是件容易的事情。」

雖然媽媽的說明淺顯易懂，但代價就是筷子上的飯粒掉得到處都是，只好趕快彎下腰撿起它們。

韓宇庭應了一聲，繼續看新聞。

所謂的智慧種族，是指那些不是人類卻擁有自我意識、社會組織以及文化發展的生物，在大家耳熟能詳的古老故事之中，常常會出現他們的身影，例如吸血鬼、狼人、人魚、蛇人……。從前，人類一直以為他們只是老祖宗豐富想像力所虛構出的事物，直到許多智慧種族的代表突然出現在人類面前，大家才驚訝地發現——原來神話中的生物真的存在！

據說，智慧種族原本與人類一同生活在地球上，卻在很久以前因為某些原因——也許是發現自己無法與日漸壯大的人類互相抗衡——而離開了地球，躲入一個名為「魔法世界」的異空間。

在安穩地度過了數千年漫長的歲月之後，這個對他們而言猶如另一個故鄉的世界，最近卻因為維繫其形成的力量不再，使得他們不得不再次遷回早已遠離許久的地球。

智慧種族的存在，對人類來說無疑是巨大衝擊，好在現今人類的科技文明發展得十分進步，能夠提供足夠的醫療、糧食，供應智慧種族的存續發展，且他們的人數也沒有想像中那麼多，雙方不再需要像以前那樣為了爭奪地盤而互相衝突、戰鬥。

幾經波折之後，如今，智慧種族正逐漸從「魔法世界」遷移過來，聯合國雖然頒布了《智慧種族大憲章》保護這些移民者的權益，然而衝突依舊不斷發生，大多數地區居民的反應也不甚正面。

無論如何，礙於聯合國的規定，我國政府應該還是會通過類似的法案，保障智慧種族吧！韓宇庭心想。

他之所以對這件事情了解得這麼詳細，正是因為媽媽的工作是一名暢銷小說家，而且她的題材往往都是ＵＦＯ、魔法以及奇幻生物那一類的緣故。

「人類未知的東西，就是八卦雜誌最好的題材、文學最好的賣點！」

以此為信念，媽媽平時就喜歡向韓宇庭高談闊論有關小說、神話以及超自然事件的各種趣聞。也因此，當智慧種族現身之後，韓家並沒有像其他人一樣產生驚懼、懷疑的心理，反而熱烈地歡迎著他們的到來——嚴格說起來，大概只有媽媽和韓宇庭在一個勁地狂熱而已，身為工程師的爸爸則是覺得來了也好，不來也沒什麼。

關於智慧種族的健保問題……大概一時三刻也不會有什麼結果吧！韓宇庭默默地下了這個結論，正準備繼續收拾晚餐之際——

叮咚、叮咚！

「哎呀，這麼晚了，是誰來了？」媽媽起身應門。

「您好！」門外響起了朝氣十足的響亮女聲。

「呀，妳好，請進請進……那個，人呢？」

韓宇庭好奇地探出了頭，只見打開門的媽媽露出了嚇一大跳的表情，他們家門外是一堵厚實的牆壁……究竟是哪個人開的玩笑，居然在別人家門口砌了堵牆？

不，仔細一看，那根本不是牆壁，而是一個人的胸膛。

這時候，一名陌生女子從那人背後跳了出來。女子身材高䠷，約有一百七十幾公分，留著一頭柔順得有如垂瀑般的銀色長髮，像最高級的綢緞般在燈光底下反映著金屬光澤，再加上外國人般的高挺五官、銀色瞳孔，她舉手投足之間，簡直就是個從電視裡跳出來的大明星。

以她的美貌，走在路上肯定能吸引住所有男人的目光吧！

至於為什麼韓宇庭會觀察得這麼仔細，連對方的瞳孔顏色也能知道呢？那是因為他已經在不知不覺間跑到了門邊。

「冒昧打擾了。我們是隔壁新來的鄰居，我叫做龍鱗銀。」

女子熱絡地握住了媽媽的手，舉止相當自信，一點也不怯生。

「至於我背後的這位……」

她稍微側了點身，「是我的弟弟，他叫龍翼藍。」

韓宇庭母子不禁同時大大地張起嘴。名叫龍翼藍的男子身高大概超過了兩百公分，必須彎下腰來才能向母子倆問候。

高大的龍翼藍有著一頭紮束在腦後的深藍色長髮，濃眉大眼，模樣非常地……凶狠，但是他卻努力擠出與他那凶橫模樣完全不相符的順柔表情，試著溫和微笑。

「初來乍到好相見。」龍鱗銀說道：「韓太太，韓宇庭，日後還希望您家可以多多照顧。」

韓宇庭吃了一驚，「妳、妳怎麼會知道我的名字？」

龍鱗銀掩著嘴說：「因為你今天早上已經告訴過我弟弟了。」

鄰居？早上？韓宇庭愣了一愣。

霎時之間，今天早上那段衝擊性的畫面，又再一次地浮現於他的腦海。

「……龍龍龍龍龍龍！」

他忍不住驚慌失措地指著龍翼藍叫道。

「龍龍龍龍龍——」

「宇庭，你怎麼這樣沒有禮貌?不要一直叫著別人的姓氏！」媽媽斥責道。

「媽媽，不是那樣啦！」韓宇庭急得像熱鍋上的螞蟻，「他們是龍啊！」

「龍，什麼龍?」媽媽困惑地眨了眨眼，「他們是姓龍沒錯，所以我叫你別一直喊人家的姓氏！」

「他們是龍啦，是真正的龍！」

「你在胡說些什麼啊?任誰都知道，雖然大憲章把龍族列進智慧種族裡，可是世界上根本就沒有龍啊！」媽媽連忙轉身向新鄰居道歉：「真不好意思喔，我兒子在胡言亂語。」

「韓太太，宇庭可沒有在胡說喔！」這時，龍鱗銀彎起了嘴角，對著詫異不已的媽媽豎起了手指，「這個世界上真的有龍，因為我們姐弟倆就是龍族。」

「咦?」

龍鱗銀說完，舉起手來彈了彈手指。「嗯咳，哼哼!翼藍，變身吧！」

背後的龍翼藍馬上慌慌張張地道：「咦，耶?姐姐，這樣不太好吧，萬一嚇到了人家怎麼……哇啊啊啊啊！」

「囉唆，叫你變你就變！」

身形超過兩公尺的巨大男人突然像被某種怪力用力扯起來似地，迅速飛向了半空，並且在夜空中哀號起來。

韓宇庭看見龍翼藍被甩出去時，有一道細微的光線從他身上連接到龍鱗銀的手指，然而下一刻，更加不可思議的事情陡然發生。

轟隆～

不對，這句轟隆是韓宇庭自己加的效果音，因為他覺得應該要這個樣子。

像龍如此偉岸的生物，變身時場面一定相當地盛大，感覺上該是天崩地裂、地動山搖般的激烈場景！

可是，像座小山一樣巨大的藍龍一點聲音都沒有，就這樣出現在他們眼前。

「嗚嗚！被人看到變身過程很不好意思耶！」

「所以我才不要自己變身啊！」

「冒昧了。」藍龍露出了大概是愁眉苦臉般的表情（如果龍真的有表情的話），「姐姐做事太招搖了。對不起，有沒有嚇到你們？」

而這時龍鱗銀瞬間滑到了韓宇庭媽媽的背後，臉上充滿了一副惡作劇似的微笑，優雅地張開手臂。「看到了我們精彩的演出之後，請您不要嚇到昏過去唷！」

「哇！」媽媽尖叫一聲，轉身激動地抱緊龍鱗銀。

「咦咦？」

「嗚哇！有龍耶，是龍耶，有龍有龍有龍有龍有龍有龍哇啊啊啊——我太興奮啦！」

「等、等等，您住手，我快要換不了氣了……您、您不要這個樣子啊！」

「抱歉啊，我太失態了。」媽媽一邊難為情地搔搔腦袋，一邊熟練地取出了待客用的茶具。

「剛剛真是太失禮了，因為我的職業比較特殊，所以看到龍反而很亢奮，對不起啦，讓你們失望了。」

熱水咕嘟咕嘟地注進了茶壺裡，龍家姐弟看著裊裊的水蒸氣輕溢出來，看得眉飛色舞。

「沒關係，因為最後還是有人昏倒了。」龍鱗銀笑咪咪的，絲毫沒有不滿的樣子。

「嗚……」

躺在沙發上的韓宇庭發出了懊惱的嗚咽聲。

「韓宇庭，你真丟臉，居然會因為看到一、兩條龍而昏過去！」

「什、什麼叫做一、兩條龍啊，哎唷～」韓宇庭激烈抗議的結果，就是腦袋變得更痛了。

但龍可不是想看就能看到的生物啊，何況是看到龍在自己面前變身！他會激動到暈過去也無可厚非吧。

「為了賠罪，請兩位喝茶。」媽媽將茶杯推到龍家姐弟面前。

龍鱗銀、龍翼藍一聞到濃郁的茶香，頓時一齊眼睛發亮。

「好香的氣味啊，這種飲料在我們的世界可是怎樣也找不到的呢！」龍鱗銀高興地說，「喝了茶，我就可以少擰翼藍兩下，誰叫他剛剛看見我出糗！」

龍翼藍啞口無言地看著自己的姐姐，卻一句話也不敢回嘴。身材巨大的龍翼藍好像用盡了全部的努力，才能勉強塞得進韓家那張小小的沙發。

「沒想到兩位居然真的是龍族，天啊，《智慧種族大憲章》已經通過這麼久了，全世界卻都還沒有龍族申請入籍的紀錄，兩位該不會是有史以來的第一對吧？為什麼到現在才有龍族想來地球呢？」

「不是兩位，是三位喔，只是還有一位比較怕生，所以今天沒有來造訪。」龍鱗銀優雅地品了一口茶，露出無上的幸福表情，「至於為什麼直到現在才會有龍族過來呢，嗯～我想可能是因為我們族人不太喜歡離開熟悉的居住地吧！不過呢，我算是龍裡面的異類！」

「噗哧，怎麼這麼說自己呢？」

龍鱗銀率直地回答：「這是真的。我喜歡四處旅行，結交朋友，這次也計畫要帶著弟妹在地球上住上好一陣子！」

「原來如此。」媽媽高興地說，「如果你們在地球上有任何需要幫忙的地方，儘管跟我們說吧！」

「哇！那真是太好了，老實說，地球對我們來說十分陌生，能夠遇見像您這樣友善的人類真是高興。」

「哪裡，鄰居之間本來就該互相照應。而且人類的社會實在是太複雜了，光是路上什麼紅綠燈、交通規則的，就讓人受不了。我想剛到這裡的智慧種族們一定都會感到很混亂吧？」

龍鱗銀拍了拍大腿，大為同意。

這時候，媽媽看了看牆上的時鐘。

「哎呀，雖然說妳有什麼疑問都可以問我，用不著客氣，不過真的很遺憾，我現在必須去收拾廚房，晚點還要趕稿呢！」媽媽露出了困擾的微笑，「小說家實在是太忙碌了。」

「呵呵，我們明白。」

你們才不明白，你們要被賣掉啦！韓宇庭看著龍心想。

看到媽媽的眼珠子骨碌碌地轉來轉去，他馬上就察覺到了，她一定是想要趕快回書房把龍出現了的這件事寫進小說。

他們還沒有察覺到嗎？韓宇庭瞥向了龍，可是龍鱗銀的臉上卻掛著一副好像有察覺到，又好像沒有察覺到的神祕微笑。

媽媽再次開口了：「這樣好了，我把我家兒子借給妳用，不管是什麼問題都儘管問他吧！」

「媽！」韓宇庭一下子覺得頭不痛腦袋也不暈了，唰地跳了起來，「我不行啦！萬一……」

他話還沒說完，就被媽媽打斷了。

「難不成你要幫我洗碗倒垃圾拖地再寫稿子？」

「我、我不會寫小說……」

「所以囉，你就去吧！」媽媽開心地拍拍手，「而且，看樣子你願意幫我洗碗倒垃圾跟拖地板囉？乖兒子，媽媽總算沒白養你啊！」

韓宇庭目瞪口呆，龍鱗銀則是很高興地站了起來，「那太好了，謝謝韓媽媽，宇庭我們現在就走吧！」

「咦，什麼，我都還沒有答應耶——哇啊！」

韓宇庭話還沒說完，龍鱗銀便不由分說地把他拽了起來，旋風似地三步併作兩步奔向門外。

韓宇庭覺得自己就像風箏一樣被人拖著飛了起來。

欸，不對，等到他察覺時，自己的確已經在半空中飛起來了！

「哇啊啊啊啊！龍鱗銀小姐，這是怎麼一回事啊？」

龍鱗銀沒有回答他，銀髮女子就像正踩踏著空氣中無形的臺階，一步步向著好幾層樓高的處所攀升。

「呀啊啊啊啊！」

「呀哈哈哈哈！」

夜空中，短髮高中生驚慌失措的慘叫，以及長髮女子銀鈴般的笑聲混雜在一塊，吵得連月亮都忍不住從雲層中探出頭來，看看究竟發生了什麼事。

月光下，兩道銀梭般的身影騰空而起，如飛鳥般輕靈地在空中游弋——看似如此，只不過，韓宇庭感覺自己更像是被大鳥抓在腳上的可憐晚餐，只能兩腳驚惶地亂蹬，拚命地祈禱自己不要被扔下去。

「哇啊啊啊啊——龍……鱗銀小姐！」

「嘻嘻嘻，你不要緊張嘛，韓宇庭小朋友，又不是老鷹抓小雞。」

「嗚啊，但、但不是這個問題啊！」

韓宇庭感覺自己好像坐了一遍超高速的雲霄飛車，而且完全沒有任何安全保障，龍鱗銀抓著他的肩膀，在天空中三百六十度一圈又一圈地瘋狂旋轉，飛上去又飛下來。直到韓宇庭快要換不過氣了，這才盡興地帶著他降落到地面上來。

「怎麼樣？好玩嗎？咦、咦？韓宇庭，哇啊！翼藍，你趕快過來，韓宇庭小弟弟口吐白沫啦，這、這可怎麼辦啊？」

「嗚……嘔嘔嘔……」

等韓宇庭醒過來，自己已經置身於一張柔軟的沙發上了，身旁是滿臉惶恐及抱歉表情的龍翼藍。

「啊，宇庭，太好了，你終於醒過來了。你突然昏過去，害我們不知道該怎麼辦。」說完龍翼藍想要伸手扶韓宇庭起身。

韓宇庭慌忙地尖叫，「不、不必了。」然後趕快自己爬起來。

看見龍翼藍受傷的表情，韓宇庭非常抱歉地說，「對不起，翼藍先生，我不是討厭你，而是……而是……」

「怎麼啦？」

銀色的長髮從眼角旁邊垂了下來，韓宇庭滿臉驚駭地抬頭向上一望，看見龍鱗銀拿著酒杯，正從沙發的背後低頭凝望自己，腦袋離得很近。

「咿呀呀呀呀——」

韓宇庭大叫了一聲，又暈了過去。

「智慧種族過敏症？」

韓宇庭羞赧地點了點頭，他坐在距離龍家姐弟很遠的沙發上。

龍鱗銀和龍翼藍則是不可置信地互望了一眼。

說起來，韓宇庭會得到這種奇怪的過敏症，都要怪媽媽從小到大每天晚上都要他床邊說睡前的恐怖故事。

唉！為什麼偏偏是自己得到這種奇怪的病症呢？

「……所以說，因為你媽媽會講一些吸血鬼、狼人、龍吃人咬人的故事，害你覺得智慧種族很可怕囉？」

「是啊，而且我還記得，小時候曾經被她抓去當什麼詭祕巫術陣的實驗材料呢，據說那個魔法陣會把普通人類轉變成魔法師的體質。我媽媽迷信得不得了，結果最後那還不是騙人的。」

韓宇庭苦著一張臉說，「那時候媽媽往我身上扔了一大堆蝙蝠糞、骨頭、奇怪的粉末，還逼我喝下什麼曼陀羅草做成的藥水，我變成這個奇怪的體質，差不多就是那之後開始的。」

龍翼藍同情地看著他，「真是辛苦你了。不過，我們真的不會吃人的，請你放心。」

「我、我了解。長大以後，我知道媽媽講的只是故事，可是就算心裡面明白了，身體還是不能接受。其實深入了解後，我發覺智慧種族非常有趣，我現在的夢想就是當一位智慧種族學家，可是實在沒辦法克服自己的毛病。」

「唔，可是，你能夠正常地和我們說話啊！」

「是的，只要距離夠遠，我就可以正常地和你們對話，只有身體的接觸沒辦法，有時甚至靠近某些智慧種族就會暈倒。」

「沒關係的，也許你長大後情況會漸漸好轉。」龍翼藍安慰道。

龍鱗銀卻露出了彷彿參透了某種祕密的微笑，「呵，原來是這麼一回事。」

「咦，龍鱗銀小姐，妳是不是知道了什麼端倪呢？」

「天機不可洩漏，現在暫時還不能告訴你。」龍鱗銀神祕兮兮地搖了搖頭，「不過要是你覺得難過的話，姐姐可以抱一抱你，給你一點溫暖。」

「嗚哇！不要！」

「哈哈哈哈哈～」龍鱗銀看著迅速躲到沙發後面的韓宇庭，很沒同情心地開懷大笑，惹得身旁的弟弟皺起眉頭。

「姐姐，他已經很可憐了，妳不要這樣欺負人家。」

「呿！連你也這樣說我。好啦，那我們聊點別的，翼藍，你先去泡茶。」指使了弟弟去做客房服務以後，龍鱗銀轉頭對著韓宇庭說，「宇庭，雖然剛剛你昏倒了，不過現在該是讓你好好地看一看我們的家了。」

龍鱗銀炫耀般地張開了手臂，同一時間，四周圍原本昏暗的光線瞬間暴亮起來，從天花板灑下了萬丈光芒。韓宇庭的雙眼點被燦然的金光刺得睜不開，等到適應了光線，一幅令人無法置信的美妙奇景就這樣出現在面前。

「嗚哇～」

他那一直被龍鱗銀玩弄於股掌之間的緊張感頓時一掃而空，不由得發出了讚嘆。

整間客廳堆滿了金銀珠寶，一箱一箱吐出滿溢金幣的寶箱、純白無瑕的大理石雕、五顏六色的巨大水晶、珊瑚樹，多得都堆到了天花板，然後還有……

「噴、噴、噴……噴水池？」

韓宇庭目瞪口呆地看著自己的眼前，精緻華麗的小噴泉不斷湧出藍色的泉水。他與龍鱗銀相隔了這麼遠，原本以為中間應該是桌子之類的東西，沒想到居然設置著一座讓人絕對無法跟一般客廳聯想在一起的東西，難怪他一直覺得有細小的水滴噴到身上來。

「我喜歡噴水池！」

「不、不是這個問題吧！」

誇張地建置在客廳中央的噴水池，在龍鱗銀的語氣中聽起來就像家常便飯，然而，問題是在一間七坪大小的客廳中央蓋起了噴水池，兩旁更堆著像小山一樣高的金條、銀條，還能夠剩下多少空間？

「這、這裡連走都沒辦法走吧？」

原本還稱得上寬敞的客廳，只留下了可供三個人手拉手轉圈圈跳舞的空間。稍微起身之後的韓宇庭，第一次體會到了什麼叫做「寸步難行」的感覺，只不過身在一堆寶物之間而無法挪動腳步，這樣的體驗未免也太奢侈了吧！

「歡迎蒞臨寒舍！」龍鱗銀得意洋洋地說。

「噢、噢……」韓宇庭尷尬地應了一聲。這根本一點都不「寒舍」啊，就算是皇宮，恐怕也沒有此處富麗堂皇吧！

龍翼藍此時端著香噴噴的茶走了回來。他勉強地行走在寶山之間，身體一直挨著成堆的金銀珠寶，上頭的金幣不斷地跌落下來。

「不好意思，才剛剛搬進來，還來不及整理。」龍翼藍充滿歉意地說。

「到底是怎麼把這麼多的寶物搬進來的啊！」

龍翼藍只是笑了笑，沒有回答。

龍鱗銀插話道：「來來來，我們還有很多厲害的收藏，讓我找張鑲滿寶石的椅子給你坐吧！」

「不、不用了，看起來好像會倒，啊啊！」

太遲了！

龍鱗銀把手插入成山的寶物中，用力一拉，拉出了一張有如皇座般的巨大椅子。

轟隆隆隆～韓宇庭抬頭望著大力搖晃了一下的寶物山，眼珠子都快掉了出來。

幸虧寶物山搖晃了一陣，依舊頑強地挺立，只有幾枚金幣掉下來砸到他頭上。

「不、我、我還是回去坐沙發就好。」

韓宇庭決定坐在距離門口越近的地方越好，每一座寶山的頂端看起來都是一副搖搖欲墜的樣子，隨時都可能崩塌。

客廳裡剩下的空間窄得可憐，噴水池的水珠不斷濺到韓宇庭鼻子上，冰冰涼涼。

「那，我們可以開始好好談了。」龍鱗銀愉快地開口。

「我……我不知道要講些什麼？」

「就把你所知道的，關於你們人類的一切統統都告訴我啊。對了，韓宇庭你是做什麼工作的啊？」龍鱗銀一副饒有興味的樣子。

「我嗎？我是個學生。」

「學生？」龍鱗銀大惑不解地問道，「什麼是學生？」

「咦，妳不知道嗎？那麼學校呢？」

龍鱗銀和龍翼藍一齊搖了搖頭。

韓宇庭覺得很奇怪，依據他的了解，這些知識不應該是早在智慧種族們由魔法世界進入地球時，就會在所謂的「次元海關」中的講習所講授完畢了嗎？但是韓宇庭也沒有膽量繼續探究這種問題，只好把自己所知的一切盡可能地說給他們聽，包括了自己所就讀的身為「智慧種族融合實驗校」的雲景高中現狀，以及目前國內的升學制度……等等。

幸好，龍家姐弟都是很好的聽眾，不但耐心地聽他解釋，偶爾還會切中要害地問了幾個關鍵的問題。

好不容易結束說明，就連韓宇庭也稍稍感覺到有點累了，忍不住朝著椅背躺了一躺，同時嘆了口氣。

糟糕！我該不會是講得太難了吧？韓宇庭匆忙瞥向龍家姐弟。

事實上，人類世界的升學制度長期以來都被「專家」設計得很複雜，加上朝令夕改，一直都是最讓智慧種族頭痛的部分。

然而出乎意料地，兩人都是一副不太在意的神色，只有龍鱗銀抱起了胸口，好像在沉思些什麼。

難道龍的腦筋都這麼好嗎？韓宇庭在心裡面咋舌。畢竟就連他自己，對於現在高中升大學的方式也不是那麼清楚。

沒想到安靜了好一會兒之後，龍家姐弟開口的第一句話是……

「沒想到人類世界的教育制度這麼落後又這麼麻煩啊！那是不是該考慮究竟要不要讓『她』去上學呢？」

龍鱗銀搖了搖頭，「不行，既然來到了人類世界，就應該好好適應這裡的社會與環境才行。」

「可是，學校教的東西，不會太簡單了嗎？」龍翼藍摸摸下巴，「而且對我們來說沒有什麼用。」

「有沒有用，是要看處在什麼樣的環境之中才能下結論的。最重要的是，在學校裡面才有同儕的存在……別忘了『她』最需要的東西是什麼。」

龍家姐弟口中所說的「她」是指誰呢？韓宇庭正想詢問，但是瞥見他們臉上的神色，忽然發覺他們所談的，似乎是一件很私密的事情。

可是龍鱗銀與龍翼藍好像忘了還有他人在場一樣，一點也沒有注意到韓宇庭正將他們的對話一字不漏地聽了進去。

「總而言之，去學校上學對她而言才是最好的，我的決定不會更改。」

「可是，我還是有點擔心。」龍翼藍煩惱地說，「現在這種情況，我怕她一個人會不會有什麼危險，姐姐妳說……」

「不要擔心啦！」龍鱗銀笑了，笑得不懷好意，「別忘了我們還有一件祕密武器啊！」

「祕密武器？」龍翼藍跟韓宇庭都顯得很驚訝的樣子。

龍鱗銀露出神祕兮兮的微笑，「天機不可洩漏。」

韓宇庭露出了掃興的表情，重重地靠回沙發上。這時，龍鱗銀正巧轉頭過來。

「啊，真是太謝謝你了，韓宇庭，你讓我們增加了很多知識。」龍鱗銀不知道從哪裡找出了一座裝飾華麗的黃金時鐘，然後看了看時間，「喔，看起來時間已經不早了，韓宇庭你是不是也該回家，準備明天早起上學了呢？」

韓宇庭趕快看了看手表，「糟糕，已經這麼晚了！」

「為了表示我的歉意，讓我送你回去吧！」龍鱗銀說完便起身，作勢朝著韓宇庭走過去。

韓宇庭馬上從沙發上跳了起來，「不、不必了！謝謝妳，鱗銀小姐。」

「用不著這麼客氣嘛！」

「嗚哇！真、真的不需要！哇呀呀呀——」

驚慌失措的韓宇庭迅速後仰，恰恰躲開了龍鱗銀突如其來的一撲。

砰啪！重心不穩的沙發應聲倒下，撞到了背後的寶山。

寶山發出宛如崩塌前奏的巨大悲鳴，山頂上的皇冠、寶石、金幣一個接著一個掉了下來。

「呀啊！」

兩人同時發出了慘叫，韓宇庭連滾帶爬地跑開，只剩龍鱗銀還陷在沙發上。巨大的寶山就像被攔腰砍斷了的大樹一般轟然傾倒，將底下的沙發與人一併活埋。

「姐姐！」龍翼藍嚇了一跳。

「救命啊！」韓宇庭哇哇大叫著衝出門口，頭也不回地跑回了自己家。

過了不久，龍翼藍總算把龍鱗銀從金銀珠寶之中挖出來。

「噗嘿嘿，韓宇庭，趕快去睡吧，明天你會發現，自己的學校生活就要變得很不一樣囉！」

龍鱗銀露出了不懷好意的笑容，「祝你有個好夢。」

二、在我隔壁的是龍的轉學生

上課的鐘聲響起得明亮又輕快，不過韓宇庭一臉沒睡飽的疲倦模樣，大大地打了一個呵欠。

「怎麼啦，韓宇庭，昨天晚上又沒睡好啊？」

韓宇庭瞪了砲灰一眼，沒有理會他那近乎取笑的問句。

昨天晚上真的沒有睡好，韓宇庭揉著疲倦的眼睛心想。他做了一個有關於龍的惡夢，在夢裡，一條巨大的龍就坐在他的旁邊和他一起上課，然後耳際還不停迴響龍鱗銀的嘲弄聲音：「嘻嘻，加油喔，韓宇庭，從現在開始你就是個護龍騎士了，要好好善盡職責唷，喔喔喔喔——」弄得他現在簡直神經衰弱。

不過，護龍騎士到底是什麼意思呢？

「好了好了，同學們，現在開始上課。」

就在一片無止無盡的嘈雜吵鬧中，唐老師帶著講義跟教材從教室外頭走進來了，啪啪啪地步上講臺。

「好了，同學，現在開始上課了。」

相同的話語再度重複了一次，但是俗話說「馬善被人騎」，個性太過於溫柔的唐老師即使拚了命地向同學們「喊話」，還是很難收到效果，身為副班長的韓宇庭和其他幹部們費了好大一番工夫，才令同學們安靜了下來。

唐老師擦了擦汗，教書真是一份辛苦的工作。

「今天有一位新同學轉進我們班，大家要和她好好相處喔。」

「咦，轉學生？現在這種時候還有轉學生嗎？」

「是男的還是女的？」

「最好是女生啦，而且要是個黑長直！」

「噁心，變態！砲灰豪，不要把你的癖好公開說給大家知道！」

班上同學你來我往，又是一片喧譁混亂，講臺上的唐老師手足無措，任憑她怎樣努力也沒有辦法鎮住底下這群宛如暴徒般的男學生，就在這時，新同學居然在老師還沒允許之前便自行走進了教室。

「喔喔！是個女同學耶！」

「還是我最喜歡的黑長直！」

「砲灰豪你閉嘴！」

新同學的到來馬上吸引住了全班的注意力。

嗚喔！好一位美少女啊！

韓宇庭和所有男同學一樣，從第一眼開始就再也沒辦法移轉他的視線。

她那頭烏黑秀麗的長髮，彷彿是最上等的絲綢織錦，細滑柔順。兩顆深邃的瞳眸像嵌在白玉豆腐內的黑豆，楚楚動人。而最讓人印象深刻的是她清秀的五官，肌膚像是大理石雕般地潔白玉滑，反襯著底下的衣服，充滿著近乎透明般的清麗，看得韓宇庭連呼吸都忘了。

「新同學，簡單地介紹一下妳自己吧。」唐老師說。

新同學點了點頭，面向了眾人，「大家好，我的名字叫做龍羽黑。」

名為龍羽黑的轉學生散發著一股自信洋溢的尊貴氣勢。

龍羽黑？原本看得入迷了的韓宇庭突然之間清醒了過來。姓龍？該不會……

果然，接下來就聽轉學生說道：「在向各位問候之前，有件事必須先告訴各位，我的身分乃是龍族，從今天開始在這裡上學。很榮幸能夠與各位成為同學，今後三年請多多指教。」

龍羽黑充滿氣質並不失優雅地向全班同學深深地鞠了一躬，班上同學登時譁然起來。

「龍？」

「她剛剛說什麼？龍？」

「這世界上怎麼可能有龍！」

每個同學的嘴巴都張大到可以塞下自己的拳頭，然而這也難怪，畢竟不只地球上從來不曾有龍現身的消息，就連魔法世界也已經好幾百年沒有龍族活動的紀錄了。

龍羽黑
值日生：

「這這這這……這是真的嗎？教務主任有沒有送錯資料啊，哎唷，學籍單上真的是寫龍族……這該怎麼辦才好？」可憐的唐老師一副心臟病快要發作的神情。

「妳是認真的還是在開玩笑啊？妳現在看起來根本就是人類的模樣，如果妳真的是龍，那就變回原形證明給我們看吧！」砲灰說出了所有人心裡的話。

龍羽黑面對同學們的質疑，抬起頭來，神色凜然倨傲。

「既然各位不相信我，我就證明給大家看吧。」她從衣領裡翻出一條項鍊，握住項鍊上的一顆小小寶石，「希望藍哥給我的這顆寶石有用。」

接著，她大聲地念動了無人能夠理解的咒語，霎時間，原本風平浪靜的教室裡忽然掀起了一陣暴風雪！

咻咻咻——

「哇啊啊啊啊！」

這股暴風簡直就是從雪山上原封不動搬過來似地，唯一不同的是這陣暴風好像只對教室裡的人有影響，桌上的紙張、窗邊的窗簾都紋風不動，唯有同學們全部發出了死命的尖叫，非得牢牢抓住桌椅才能不被吹走。

「那、那是什麼？」

在暴風雪中勉強睜開眼睛的同學駭然地指著黑板的方向。

「是……龍！」

就在那模糊的雪片風暴之中，出現了一頭龍的身形，然而常人的視力無法穿透暴雪的簾幕，只能看得見那若有若無的影子。就在眾人驚懼未定之際，暴風雪猛然停止了。

「各位相信我了嗎？」龍羽黑臉不紅氣不喘地站在講臺上，暴風雪平息之後，教室裡什麼都沒有，彷彿剛才的一切只是場幻境。

「相、相信了，好厲害的魔法！」

「錯不了，這麼厲害的魔法，一定真的是龍！」

「這樣我們班上終於也有智慧種族的學生囉！而且還是龍族……天啊！又是龍，又好漂亮，這真是太棒了！」

「龍同學，我可以跟妳交朋友嗎？」

同學們七嘴八舌地嚷嚷起來，然而龍羽黑卻毫不客氣地說道：「我事先聲明，如果要和我交朋友的話，請大家確實保持著單純的動機，我不希望別有居心的人接近我，任何人都不該妄想從龍族這裡得到好處。如果是這樣子的傢伙，奉勸你還是趁早打消念頭，我不會給你們好臉色。」

龍羽黑這番強烈的措辭，就像一盆當頭澆下的冷水，眾人立刻議論紛紛。

「這……這是什麼意思？」

「她剛剛是不是說了很不得了的話啊？」

龍羽黑連眉毛也沒有抬一下，掃視著全班同學，「難道我說得還不夠明白嗎？」

在一陣啞口無言地和新同學互相玩起瞪眼遊戲之後，終於有人反應過來。

「開什麼玩笑啊？」女生們抗議起來，「妳說的是什麼話？放這種高姿態，自以為很了不起嗎？」

男生們也鼓譟，「虧我們還很期待耶！妳總該說一說妳家是做什麼的、生日是什麼時候、喜歡的東西是什麼……不然我們哪能認識妳呀？」

「我為什麼要告訴你們？」龍羽黑稍微一側頭，所有人又立刻噤聲不語。

啊啊，氣氛怎麼弄得這麼僵？現在該怎麼辦？韓宇庭只能寄望身為班導的唐老師趕快出來主持局面，一轉過頭——

「啊啊……啊啊……好可怕的暴風雪，我不要被凍死啊……」

糟糕了，看來唐老師才是最不在狀況的一個。

韓宇庭不知該如何是好，左顧右盼，發現了雖然神色緊張卻已經不再驚慌失措的好友黎雅心。

黎雅心迅速 pass 給他一個眼神，韓宇庭馬上會意。

「老師，是不是該幫龍同學先安排個座位？」韓宇庭趕緊替唐老師解危，並且朗聲對著四周圍說道：「龍同學第一天轉學到這裡，我提議大家先鼓掌歡迎她，你們說好不好？」

「喔喔——」

「龍同學，歡迎妳。」班上同學彷彿大夢初醒般地舉手鼓掌，不過氣氛和熱烈歡迎還有很大的一段差距。

「韓、韓宇庭同學做得很棒。」唐老師終於恢復了鎮定，接口說道：「好了，新同學的自我介紹暫時先到此為止，我們待會就開始上課。」然後她趕快指著韓宇庭旁邊的位置，「龍同學，妳坐在韓宇庭同學的旁邊，有什麼問題都可以問他。」

龍羽黑點點頭，走向自己的座位。

雖然剛剛的自我介紹有些不愉快，但兩側的同學依然向她投以既崇敬又好奇的目光，大家交頭接耳，整個教室沉浸在一股戰戰兢兢的氣氛之中，卻又有著難以掩飾的興奮。

韓宇庭不斷用眼角餘光偷偷看著這名轉學生。

龍羽黑同學擁有著獨特的氣質，對他具有極為強大的吸引力。

真是個舉手投足都十分優雅的女孩子，無論是放下書包、拉開椅子，又或者是整頓就座，都保持著一貫的步調，從容不迫，顯露出充滿自信的模樣。

而、而且，他從來沒有看過這麼漂亮的人。

龍羽黑打開課本，不過就在準備好閱讀之際，突然之間轉過了頭。

兩人的視線對上，韓宇庭的心臟漏跳了好幾拍。怎麼辦，我該說些什麼才好？

「請問。」她蹙著眉，「你叫做韓宇庭是嗎？」

「是、是的。」韓宇庭趕緊回答。

龍羽黑狐疑地上下打量著他。

為了破除這份尷尬，韓宇庭盡可能用開朗的聲音說：「龍同學，以後請妳多多指教，有什麼問題都可以問我，我……」

「請你以後離我遠一點！」

「呃，咦、咦耶！」

龍羽黑眼神凌厲地瞪視著他，頓時教韓宇庭把剛吐到嘴邊的話全都吞了回去。轉學生毫不掩飾地散發出強烈敵意，他感到不寒而慄的同時，也有些不明所以。

他做了什麼得罪新同學的事了嗎？

下課後，大家都裝作和平常沒什麼兩樣，聚成了一個個小團體各自聊天，可是韓宇庭可以感覺得到，他們的注意力時不時地放在龍羽黑的身上，而且拙劣得無法隱藏。

雖然龍羽黑並未表現出激烈的排斥態度，可是她倨傲的性格以及高貴的氣質，使得根本沒有人敢親近她。

曾有數名勇者試圖與新同學打好關係，可是……

「不好意思，我沒有興趣。」

「這個問題我回答過了，請不要再來找我。」

「我不清楚。」

這些是她分別對社團邀請、詢問嗜好、想問八卦的女同學的回應。

「我沒必要告訴你！」這則是她怒斥著想要問她生日、興趣、喜歡的小禮物的男同學的回答。

一節課過後，眾人敗退而歸。

這傢伙跟我們是不同世界的人啊——這便是全班同學對她的一致看法。

同學們交頭接耳，儘管心有不滿，卻又無法遏止對龍羽黑的好奇心。

一來，龍族可是傳說中的「智慧種族之貴族」，即使是在「智慧種族實驗融合學校」的雲景高中內，也還沒有人見過龍，而且韓宇庭的班級早就因為班上沒有編入智慧種族學生的緣故，對學校頗有微詞。

此外，身為同學，總不能老是把龍羽黑當成珍禽異獸，然後一輩子不跟她打交道吧？要是這樣可就真的違反《智慧種族大憲章》了，萬一智慧種族的學生覺得在學校內受到了不平等的待遇，一狀告上去，那可是會驚動聯合國的嚴重事件，絲毫不可輕忽。

「班長，就看你的啦！」

結果，加深龍羽黑與班上同學感情的工作，就落在韓宇庭身上了。要是連韓宇庭這種好脾氣的智慧種族通都無法應付，那大家也只能宣告放棄了吧！

可惡！韓宇庭有種被老師，甚至是同班同學當成棄卒的感覺。他轉頭掃視了教室一番，發現黎雅心及砲灰都躲在遠遠的角落。

砲灰一派輕鬆地用口型對著他說：「加油，韓宇庭，就看你的啦！」

「可惡，你才是砲灰啊！」

韓宇庭再一次鼓起勇氣，對著龍羽黑說道：「龍羽黑同學，唐老師要我幫妳處理買新課本、上課文具還有其他的一些雜事……那個，請問妳有聽見嗎？」

「……有。」

韓宇庭鬆了一口氣，原來是這樣啊，她有聽見……等等！

「呃，既然妳有聽見，那為什麼不回話啊？」

龍羽黑立刻轉頭瞪了過來，嚇得韓宇庭後背一涼。

「我剛剛不是要你以後別靠近我嗎？」

「嗄？」

龍羽黑停下了閱讀手上的書，殺氣騰騰地看著韓宇庭。

「離我遠一點。」

「妳、妳是在開玩笑嗎？」

「你覺得我像是在開玩笑嗎？」

韓宇庭嘗試專注地看著龍羽黑的臉，想弄清楚龍羽黑到底是不是在開玩笑，但是對方的表情一點變化也沒有，甚至還直視他的眼睛。

心虛的韓宇庭馬上移開了視線。

「我們之間沒什麼話好談的。」

韓宇庭洩氣地垮下了肩膀，過了不久，他又再度鼓起勇氣嘗試，「可是，那個……」

龍羽黑猛然站起身。

「嗚哇！」

「走。」

「什、什麼？」

趕忙跳到一旁的韓宇庭還反應不過來。

龍羽黑露出厭惡的表情說道：「你不是要帶我認識環境和辦理手續？快點搞定，你就別再來煩我了。」

「啊！是、是的。」韓宇庭提心吊膽地回答著，深怕又惹怒了這顆不定時炸彈，「跟我往這裡走。」

龍羽黑以優雅的跨步離開了眾人的視線。

可惡！她走路的模樣也好迷人！韓宇庭不自覺地興起了這樣的想法，當他察覺到的時候，連自己也嚇了一跳。

跟一位美少女走在一起，果然招來了不少目光，但韓宇庭還是成功地將唐老師交代的事項一件不漏地辦完了。

他們現在正捧著新的課本還有實驗服，前往下一節課的理科教室。

「呃，所以說，龍同學，妳現在所見的地方就是自然實驗大樓。」韓宇庭說話的聲音顯得沒什麼自信。

這也不能怪他，畢竟龍羽黑臉上呈現出來的是這樣冷冰冰的嚴峻神色，她那副模樣，看起來簡直像是用冰雕刻出來的美少女。

她不但不怎麼回應韓宇庭，甚至連正眼也不瞧他。

但是韓宇庭依然不敢稍有怠慢，畢竟萬一惹惱了龍……

嗄吼吼吼吼——

不行啊！韓宇庭用力搖著頭，不能夠發生校舍變成一片火海的慘劇啊！

「龍同學……那個，不知道妳有沒有在聽呢？」

「哼！」

呃呃，龍羽黑還是一點也沒有要理會他的意思。

「你真吵。」

身旁的黑髮少女忽然停下腳步。

「個個都是奉承姐姐的馬屁精！」

「咦？」什麼姐姐？

韓宇庭詫異地轉過頭來，卻發現龍羽黑正側過了頭俯視著他……她的確是可以這麼做到，身高一六五公分的韓宇庭，面對著的是身材高䠷、比自己約高出半顆頭的龍羽黑。

由於兩個人的身高差異，使得他的視線不得不稍稍微揚起，自然而然形成了一股落差感。

然後，龍羽黑彷彿是注意到了這一點，促狹地彎起了嘴角。

「矮冬瓜。」

她不以為然地這麼說。

然而，聽在韓宇庭的耳裡，則是一字一句都相當地清晰。

韓宇庭愣住了。

龍羽黑宛如是精挑細選過後，才沉穩毒辣地吐出每個銳利的用詞：「長得這麼矮，完全沒有騎士的格調。還真是可笑，沒看過比侍女還要矮小的騎士，與其說是騎士，說是侍奉女主人的侏儒還差不多。真難想像你是怎樣央求姐姐，才讓她在你身上下了騎士之盔的咒語。」

尖酸刻薄的話語，讓韓宇庭一時之間陷入混亂，無法思考。

「你就儘管繼續當個跟屁蟲好了，但是不管你再怎麼搖尾乞憐，也別想從龍的身上撈到任何好處。」

韓宇庭不知所措，「龍同學，妳究竟在說些什麼啊？」

「你是真的不知道還是在裝傻？你的身上充滿了強烈的魔法氣息，唯一的解釋就是有龍在你身上施加魔法。昨天你和姐姐會面了好一段時間了吧？你到底是怎樣奉承她，還是為了她來監視我？哼！不過這些都是白費心機的。」龍羽黑指著他，「我已經長大了，不需要別人整天看著，勸你最好也不要以為我會看在姐姐的面子上對你擺出好臉色。」

韓宇庭還是反應不過來，許久後才驀然察覺到了關鍵字：昨天、姐姐、會面，還有……龍！難道龍羽黑同學，就是龍鱗銀說的那個因為害羞而沒來拜訪的家人嗎？

只是，他還是不懂龍羽黑為什麼這麼生氣？

「妳、妳是不是誤會了？我昨天確實有和龍鱗銀小姐會面，但只是單純地向她介紹人類的生活環境而已啊！」

「少來了，區區一個人類，怎麼可能無緣無故被姐姐授予『龍鱗戰甲』？你難道不知道它的貴重嗎？總之，我不會再跟你多費唇舌。」

龍羽黑嚴厲地說完，便扔下韓宇庭不管，自己跑開了。

就這樣，龍羽黑與韓宇庭一前一後地走著，韓宇庭不敢太過接近龍羽黑，因為她看起來還是一副怒氣沖沖的模樣。

當他們抵達教室時，上課鐘也正好在同一時間響了起來。

「咦？」

眼前的光景讓韓宇庭發出了詫異的聲音。

教室裡只有一位穿著灰色實驗袍的年輕男子，看樣子應該是老師，他在桌前彎著腰，專注地凝視著一根試管，彷彿完全沒有察覺到學生陸續走了進來。

韓宇庭疑惑地看著這名男老師，他從來沒有看過這個人，他是誰呢？韓宇庭四處尋找著級任理科老師的身影。

「喂，班長，你擋在門口做什麼啊？」稍後抵達的同學探出腦袋，「咦，裡面是不認識的老師耶！」

「欸，你們謹慎一點，不要貿然打擾人家。」韓宇庭苦口婆心地勸道。

可是根本沒有人把他的話放在心上，同學們互相交換了一個眼色，然後嘻嘻哈哈地闖進了教室。身旁的龍羽黑，則是一言不發地帶著高傲的態度，徑直找了最偏僻的位置坐下，遠離眾人。

幾個女學生們彷彿找到了有趣的玩具似地悄悄溜到了老師的背後。

「哇！老師，上課啦！」

「嗚哇！」

被同學們從背後用力一拍，男老師猛然驚醒了過來，發出驚天動地的慘叫，「發生什麼事了？」

「老師，上課啦！你該回自己的教室了！」

高校裡頭往往有許多天不怕、地不怕的女同學，她們對付年輕男老師可是很有一套，果真，這名年輕的男老師好像忘記了他才是老師，對著年輕女孩們展現出一副手足無措的神情。

「啊，老師，你的衣服著火了！」

「咦……哇啊！真的，救命啊！」

男老師低下頭來，發現衣服下襬竟然有一道火苗正愉悅地啃蝕自己的衣袍，驚慌得四處亂竄起來。

「老師你怎麼這麼粗心？不要動啦！哇啊，會燒起來，會燒起來，會燒到我們啊！」

一開始還樂不可支的女學生們陡然之間換成了尖叫，只不過，聽起來還是玩鬧與幸災樂禍的成分比較多。

「老師，去去去，不要來這裡啦，哇啊！」

看似慌亂不已的老師變成了女學生們玩笑打鬧的取樂工具。

混亂之間，男老師的手臂因為過度驚恐而胡亂揮舞著。

「老師，危險！」

韓宇庭正要起身阻止，慌亂的老師卻已經撞上了桌子，而桌面上的酒精燈也因此而打翻過去。匡啷，翻倒的酒精液體全灑在他的外袍上。

呼啊！轉瞬之間，老師變成了一個火人。

「呀啊——」

這下子，就連原本胡鬧著的女生們也真正地驚叫了起來，紛紛跌坐到地上。

「快、快拿水！」

「酒精起火可以用水嗎？」

「滅火器！滅火器在哪裡？」

幾個同學匆匆在教室裡尋找滅火器，可是卻遍尋不著，時間分秒必爭，火又這麼大……釀成大禍了！同學們的臉，簡直比石灰粉還蒼白。

「唔……還好。」出乎意料地，從巨大的火球裡面傳出了一道冷靜的聲音。

「老師先謝謝大家的好意了。」

從火球裡伸出了一隻毫髮無傷的手，就像變魔術般地「扯」著火焰，接著一鼓作氣往旁邊一甩——

「耶咦——？」

就在眾人驚奇的讚嘆之中，火焰憑空消失。

男老師還是穿著一身邋遢的灰色舊實驗服，一臉泰然自若地站在教室中央。

「呼……還好有驚無險。同學們，下次不可以再做這麼危險的事情了喔！」

「是、是的，老師。」

驚魂甫定的女學生們只能顫抖著全身，唯唯諾諾地答話，老師噗哧一笑，並沒有多加責怪她們，而是友善地將她們扶了起來。

「那麼，快點回位子上坐好。大家都到齊了吧？」老師環顧著四周，「楊老師待產去了，我是這學期接替她教各位自然科的代課老師，我姓巫，大家就叫我巫老師吧！」

他龍飛鳳舞地在黑板上寫下了三個大字——「巫海生」。

「你們今天有看到巫老師怎樣熄滅火焰的嗎？」放學後，同學們依然對於今天發生在實驗教室的事津津樂道，「簡直就像在變魔術！」

「對啊，他明明全身著火了，怎麼咻地一下火就全都不見了呢？」

「問他他也裝得神祕兮兮的……該不會是某種化學原理吧？」

「還化學原理咧！」把兩手負在腦後的砲灰不屑地說道，「我看是魔法還差不多。」

砲灰的說法立刻引來了同學的笑聲。

「怎麼可能啊，老師又不是什麼狼人、吸血鬼的，吳志豪你太異想天開了！」黎雅心馬上吐槽。

「就是說啊，人類怎麼可能使用魔法！」同學紛紛贊成。

「說不定老師只是長得像人，他的真實身分卻是某種智慧種族啊！」砲灰不甘示弱地回應著。

這句話讓許多同學頓時議論了一下。

「這……有可能嗎？」

「不會啦！巫老師不可能不是人類的。」在一片沉靜中，有一名女同學開了口。

「哦，妳怎麼知道？」

「因為，他長得很帥啊！哈哈哈哈！」

此話一出，立刻引起哄堂大笑，其他人的附和跟吐槽打破了原本凝結的氣氛，雖然乍聽之下這種理由根本沒道理，但確實能夠讓學生們再度輕鬆起來。

不過由此可知，這名年輕的代課老師已經迅速在學生中獲得了極高的人氣。

像變魔法一樣迅速熄滅火焰啊……不知道媽媽對這個題材會不會有興趣？韓宇庭一邊思索著，一邊收拾書包。

不過他暗自搖搖頭，算了，發生在雲景高中一個老師身上的小事，肯定不會引起人們多大的興趣。媽媽現在的心思恐怕全都被龍吸引住了吧！

正在思索間，他冷不防被人用力地拍了一下肩膀。

「呃啊！」

砲灰被韓宇庭這麼一叫嚇得倒退了好幾步。「哇啊，你別嚇死我了，韓宇庭。」

「這句話應該是我說的才對吧，有什麼事啊？」

「韓宇庭，放學要不要跟我們一起去逛逛啊？聽說電子街有『新貨』到了唷，最好趁還沒被買光之前快點去搶，嘿嘿嘿嘿……」砲灰露出了「只有男生的你懂的」那種表情。

「不要，我要回家。」筋疲力盡的韓宇庭拒絕了。

「噢，好吧！」砲灰掃興地走開了。

韓宇庭收拾著書本，忽然靈光一閃。

他看了一眼就在他身旁座位上的龍羽黑，黑髮少女正獨自一人，一聲不吭地收拾著書本。

韓宇庭心中立刻響起一道警訊。萬一他在此時回家，會不會被人發現他和龍羽黑之間的關係呢？畢竟他們兩家人比鄰而居，要走的路徑不可能不同。話說回來，他還沒有問過龍羽黑要怎麼回去。

「呃，龍同學……」

啪！龍羽黑用力地把書包甩在肩膀後面。

嗚！還是不要太過刺激她好了。

龍羽黑面無表情地走向門口，不過，看在韓宇庭的眼中，怎麼覺得她好像心事重重？

他忐忑不安地跟在龍羽黑身後，小心翼翼地拿捏著適當的距離，以免惹得對方不快。

然而越是跟在對方的後面走，越是覺得不對勁。

……咦，奇怪，怎麼走了這麼久還沒有出校門？

韓宇庭稍微觀察了一下周圍，才發現龍羽黑好像沒有打算離開學校，而是漫無目的地在校園閒逛，不時露出沉思般的表情。

是怎麼了，難道是我今天校園導覽得不夠詳細嗎？

然而看黑髮少女的表情，她並沒有真的在留心身旁的事物，反而更像是在尋找某樣東西，留意著韓宇庭看不見的線索。

龍羽黑最後走到了空無一人的植物園，園區位在景觀設計科大樓旁，種植了多種植物，平時沒有什麼人進入。韓宇庭躲到了植物園外的小假山後面，觀看龍羽黑究竟想要做什麼。

看起來好像是有什麼人在那裡等著她，韓宇庭露出半顆腦袋，看清眼前情況後訝異得差點叫出聲來，因為站在龍羽黑面前的居然是一道道模糊不清的人影，就好像有人在空中打了一大團馬賽克一樣，數了數居然有五、六個人之多。

「總算等到妳了，龍族的小妹妹。」

「鬼鬼祟祟的傢伙，我大老遠就聞到你們施放魔法的臭味了。」龍羽黑不屑地斥責道，「哥哥說得沒錯，覬覦我們龍族魔法的惡賊們，果然也在這個市鎮！」

「請稱呼我們為魔法師。我們既不是賊，也不是專幹偷搶拐騙勾當的惡黨，我們可是光明正大地衝著妳來的。」

「我管你們叫什麼名字！」龍羽黑扔下書包，威風凜凜地指著對方，「如果真的光明正大的話，那就給我現身吧！」

「呵呵……想見識到我們的真面目，就要看妳有多少本事了。」為首的人影語氣輕鬆自在地說道。

「好大的口氣。」

「在龍面前，豈敢？」首領裝模作樣地呵呵笑著，「所有能夠操使魔法的智慧種族之中，只有龍族擁有所有的魔法知識，並且能夠感應環境之中的魔法力量。假如妳沒有掉入我設下的陷阱的話，我還要懷疑妳是不是冒牌貨咧！」

「陷阱？你說這是陷阱？無知到可笑的人類，大剌剌地在龍的面前使用魔法，難道你還以為自己能全身而退嗎？所有的智慧種族都知道，絕對不能夠在龍族面前使用魔法，因為魔法最初就是由龍族賜予的，所以世間萬物都對龍尊敬不已。」

「噢，我可不曉得智慧種族的規矩，畢竟我是人類嘛！人類有人類自己的做法。」

龍羽黑咬牙切齒地低喊道：「厚顏無恥的人類，你們從龍族身上竊取魔法，態度居然還敢這麼囂張？」

「嗚哇，不要含血噴人啊，我們才沒有偷竊，我們只是從你們身上稍微研究學習而已。知識可不是只專屬於龍的東西！」

「魔法就是龍的東西，誰也不能不經龍的同意就任意使用！」龍羽黑生氣地高喊，「要是能夠打敗你們，那就證明了我有獨當一面的能力，哥哥跟姐姐肯定不會再把我當成小孩子了，你就覺悟吧！」

龍羽黑抬起雙手，黑色的光線吞沒了她的手掌。

首領發出了刺耳的沙啞笑聲，聽起來就像風吹過樹葉般的聲音。

「覺悟？還不知道是誰要覺悟呢！小小的幼龍，難道妳還真以為妳是靠自己的力量追蹤到我的嗎？錯了，那是我為了讓妳找到，才故意放出經過削弱的魔法氣息。」首領陡然提高了音量，「什麼都還不懂的幼龍，就讓我把妳捉起來好好進行魔法研究吧！大家上！」

手掌揮落，他的同伴們立刻詠唱起了意義難辨的咒語，一股抑鬱、悶煩的氣息以這些模糊人影為中心，向外輸送著。

就在龍羽黑準備應戰的一刻，她的胸口之處發出了一道銳利的光芒，少女手上的黑色光芒也隨之萎縮。

「嗚！力量之石……怎麼會在這種時候……」

「現在才開始吃驚已經太遲了。」首領發出了令人厭惡的刺耳笑聲，「哈哈哈，讓妳瞧瞧我等身為大法師的力量！」

天、天啊，那是什麼？韓宇庭直揉雙眼，簡直無法置信眼前所見的一切。那些人影的手上分別聚集起了兩團熾熱的光球，逐步逼向龍羽黑。

龍羽黑焦急地想要抵擋，然而雙方的力量似乎天差地遠，只見她那兩團小小的黑色光線很快地被巨大的光球吞噬殆盡。

「嗚……」龍羽黑吃力地咬緊牙關。

但是隨著對方進一步地施力，她身旁的空氣不斷爆炸起來，在龍羽黑的魔法防護罩逐漸被炸得粉碎的同時，她身上的衣服也隨之碎裂。

龍羽黑距離敗北似乎只差一步，看得韓宇庭心中焦急萬分。龍同學有危險，我得快去幫助她不可！

正準備邁步時，他的腳步卻有一瞬間的遲疑。

但、但是，要怎麼幫助她才好？

面對這種情況，就算韓宇庭再怎麼想伸出援手也無能為力，因為此刻眼前所發生的，乃是他完全不能了解的世界，那可是魔法使用者之間的超級大戰啊！

「呀啊——」手臂逐漸被光球吞沒，龍羽黑發出了痛苦的慘叫。

這一瞬間，韓宇庭不再猶豫了。

「喝啊啊啊啊——」

也不知道從哪來的勇氣，韓宇庭大聲怒吼，拋下書包，從藏身處一躍而出，緊接著——

「龍同學！」韓宇庭不顧一切地衝向戰鬥圈，「可惡的壞蛋，吃我這招！」

他握緊手中的劍，奮力地衝向受困的龍羽黑。

匡！一把長劍砍進了光球中。

受到了極大驚嚇的首領憤怒地咆哮：「你是從哪裡跑出來的？啊啊，這把劍是什麼？」

「嗚哇！這是怎麼一回事！我的手上怎麼會有一把劍？」

韓宇庭戰戰兢兢地看著突然出現在手中的武器，赫然發覺自己的身上居然也穿戴起了發出燦爛光芒的銀色鎧甲。

手上的劍綻忽地放出刺目的銀色光芒，亮得他睜不開眼。

「嗚！」

模糊的人影們以為這是帶有危險性的光芒，急忙舉起手來後退了好幾步，不過很快便察覺到這些光線沒有實質性的傷害。

「龍同學！快跑！」韓宇庭用力地劈砍著光球，光球就像有形的實體，每當劍劈中之際便會發出彷彿砍中金屬的聲音。

「可惡，我們好不容易就要成功了，怎能讓你得逞！」

首領生氣地大叫，不知從哪裡抓起了一束冰錐，用力扔向韓宇庭。

「嗚哇！」韓宇庭雖然驚恐不已，但仍鼓足了勇氣，屹立在龍羽黑的身前。因為倘若他離開，這道攻擊也許會傷害到身後的黑髮少女。

砰！冰錐狠狠砸到了韓宇庭身上，但神奇的是，除了那聲爆裂的聲響，他竟然毫髮無傷。

「怎麼可能，這股魔法……是巨龍的力量？」

眾人的詫異尚未結束，他抓準時間，將光球完全砍碎。

忽然，隨風飄來一股焦灼的氣息，韓宇庭身前的地板上浮現了形狀怪異的文字圖案，閃爍了幾次藍色光芒後很快地化為輕煙消散。

人影們似乎認得這股力量，緊張地望向入口處，「老大，怎麼辦，好像有很厲害的傢伙來了。」

「可惡，這次算你們好運。」

首領發出了不甘心的怒吼，對同伴們下達了撤退指令，一干人迅速退進了茂密的樹叢之中，而空氣中的焦灼氣息也在此時漸漸消散。

「我會再來的。」

臨走之前，那名首領拋下一句威嚇，轉瞬間就消失得無影無蹤。

韓宇庭大口喘著氣，在原地盯著人影離開的方向，依然緊張不已。不過人影再也沒有出現，看起來事情終於結束了。

心情才稍微鬆懈下來，他馬上就因為眼前的另一個問題而感到混亂。

喂喂！這麼重的盔甲，還有這麼大把的劍，從哪裡冒出來的？我又麼有辦法帶著它們到處走動？

一想到此處，一切彷彿回歸到現實，原本毫無實體重量感的劍與盔甲陡然變得無比沉重，韓宇庭哇呀一聲，被身上的裝備壓倒在地。

「嗚哇！」起、起不來了。

「韓、韓宇庭？」

「龍同學……」韓宇庭像是烏龜般在地上揮舞著手腳，「妳沒事吧？」

「我沒有事。」龍羽黑雖然臉色蒼白，不過也只是衣服變得破爛、頭髮變得凌亂而已。

「太好了，妳看起來沒有受傷。」

「這、這就是姐姐施加在你身上的『騎士之盔』魔法……」龍羽黑讚嘆地說著。

「現、現在不是說這個的時候，我要怎麼從這具盔甲裡逃出去啊？」韓宇庭悽慘地叫著，他現在動彈不得。

「噢、噢，我想想。」龍羽黑慌忙地蹲下查看韓宇庭的狀況，結果反而使得他發出了慌張的慘叫。

就在龍羽黑蹲下的瞬間，她身上那被光球割裂得只剩下一縷絲線勉強維繫著的裙子，終於宣告壽終正寢，就在韓宇庭的臉前，直截了當地分為兩半。

「嗚哇！」兩人同時驚呼。

顯露在韓宇庭面前的是一雙毫不遮掩裸露出來的白皙大腿，以及從兩腿中間看得一清二楚的……龍族內褲？

「哇啊！」

發出第二聲慘叫的是韓宇庭，因為龍羽黑馬上站了起來狠狠踢了他一腳。

「你這變態！」

我是無辜的啊！韓宇庭頭暈腦脹，想喊卻喊不出話來，好不容易結束了天旋地轉……

「龍、龍同學，妳別走啊！」

但是來不及了，困窘的龍羽黑早就聽不進任何話，一把抓起自己的書包轉身狂奔而去，到了假山附近還不忘搶走韓宇庭掉在地上的外套，當作裙子圍在自己身上。

只剩下可憐的韓宇庭，維持著象龜般的姿勢，在植物園之中笨拙地划動著四肢。

到了日落西山的時刻，韓宇庭終於抵達了家門前，不過他渾身痠痛，一心只想趕快躺到床上休息。然而還沒能踏進自己的家門口，他突然聽見了高亢的尖叫聲。

「咦，咦！發生了什麼事情？」韓宇庭四處張望。

「天啊！小黑，妳怎麼受傷了？」

是龍鱗銀小姐的喊聲，而且音量非常誇張。

「趕快敷藥，不對，應該要送醫院才行！喂，人類醫院的電話號碼是多少？什麼，妳說妳不需要？哎唷這怎麼可以！萬一感染了怎麼辦？」

韓宇庭不自覺地停了下來。

「這也不要？那、那起碼告訴姐姐，是誰把妳弄傷的？」

沉寂了片刻以後。

「——韓宇庭！」

什麼？發生什麼事了？

韓宇庭還來不及反應過來，身體忽然被一股強大的吸力帶動，硬生生地從前往家門的路徑上被拖開。

「哇啊啊啊啊！」

韓宇聽驚慌地想要指揮四肢，但是他的雙手雙腳彷彿生出自己的意志，拒絕承認韓宇庭是它們的主人。

這個方向是……

隔壁的家門口？

韓宇庭抬起頭來，看見龍家的長女——龍鱗銀，雙手抱胸，斜倚在門口，臉上殺氣騰騰。

嗚！嗚呃！

韓宇庭跟在龍鱗銀的後方，「飛」進了客廳。

才過了一天不到，龍家的客廳陡然換了一副模樣，原本雜亂無章地堆到天花板的金銀財寶，此刻已然消失得無影無蹤，就連那座噴水池也找不到半點遺留的痕跡，放眼望去，這裡跟一個三口之家平凡的客廳沒什麼不同。

然而提心吊膽的韓宇庭並沒有空仔細欣賞，他的屁股忠實地把他塞進了一張軟綿綿的舒適沙發椅，而他的身體到現在為止才決定重新心甘情願地聽從主人的指揮。

「你好，韓宇庭，要不要來杯紅茶？」從廚房裡走出來的龍翼藍一看見韓宇庭便熱情地招呼，家事圍裙穿在他寬闊的腰上，簡直就像小孩子的圍兜兜一樣。

他像是沒有注意到龍鱗銀和韓宇庭之間不尋常的氣氛，微笑著將冒著熱煙的紅茶端到盤子上，送到韓宇庭眼前。

「啊，謝謝……」

「嗯，很好。」

龍鱗銀直接把紅茶搶了過來，喝完以後還抹一抹嘴，把杯子放回盤子上。

「姐姐，妳怎麼……」龍翼藍皺起了眉頭。

「走開，我跟這小子有重要的事情要談。」

銀髮女子一副趕狗的模樣對付自己的弟弟，高大的男人雖然還想說些什麼，可是龍鱗銀隨手一指，龍翼藍便「哎呀」一聲，以極不自然的方式摔進了廚房，韓宇庭只能絕望地看著救星消失。

「你能跟我解釋，為什麼我的妹妹回到家時身上帶著傷口嗎？我問她發生了什麼事，她卻只是一直喃喃著你的名字。」

「什麼？」

韓宇庭丈二金剛摸不著頭腦地看著龍鱗銀，發覺她現在的臉色變得跟平時不太一樣。

「她說：『去問韓宇庭。』我可以把這解釋成你必須為此負責嗎？」

「這……這怎麼可以？」韓宇庭急忙辯駁，「等一下，鱗銀小姐，妳誤會了，龍同學說這句話的意思是……」

他的話還沒說完，就被龍鱗銀打斷了。

「哪怕小黑的手指頭被人家捏痛了一丁點，也是觸犯到我銀鱗大人的逆鱗！」

韓宇庭不禁吞了一口口水，龍鱗銀此刻散發出來的氣勢非常可怕。

「你知道這代表什麼意思嗎？殺！殺！殺！殺無赦！」

在他看來，龍鱗銀根本完全失去理智了，銀髮女子暴躁得似乎可以做出任何違反常規的事情。

「喔喔喔喔喔，我心愛的小黑！到底是誰膽敢傷害她！」

「鱗銀小姐，妳冷靜點！」

「韓宇庭，你準備好交代遺言了嗎？」

「什、什麼遺言啊！那、那不是我做的啊！我只是剛好目睹了事發經過……」

「好，我聽完了。韓宇庭，我會記得你的！」

「拜託妳聽我解釋好不好？」

「好好體驗吧，看我當初是怎麼對付那些朝我衝過來的屠龍騎士的，那些自不量力的鐵皮小子們……」她睜大眼睛，邪惡地看著韓宇庭，「咬起來的肉特別帶勁！」

「翼藍先生、龍同學，誰都好，救命啊！」

「體驗龍之恐懼吧！無知的人類小鬼！」

「呀啊啊啊啊——」

一瞬間，韓宇庭全身上下都感受到了那種近乎絕望的可怕威力，龍鱗銀的影像在他眼中轉瞬間變成了像山一樣地巍峨，強烈的震撼力量不斷地傳進身體，心臟立刻感受到了猶如碎裂般的痛苦。

韓宇庭尖叫著從沙發上滾落下來。

「這就是『龍威』，膽敢弄傷我妹妹的人，就等著像蟲子一樣被我碾過去吧！」

龍鱗銀毫不留情，雙眼直盯著韓宇庭。

痛苦簡直是無止境般地漫長，明明沒有任何東西接觸到他，可是他卻覺得自己彷彿被無窮的力量壓制到了地上，好重！重得令人爬不起身，全身的骨頭喀啦作響，而肺裡面的空氣全被擠壓出去。

「姐姐，妳到底在做什麼？」龍翼藍急急忙忙地從廚房跑了出來，對著銀髮女子大聲喊著。

「姐姐……不，銀鱗，妳這樣做太過火了，韓宇庭是無辜的吧！」

「別插手，藍翼，這裡是我在作主！」

「妳這樣會把他弄死的！」龍翼藍露出焦急的神色，猛一咬牙，面色也突然猙獰起來。

一股力量從龍翼藍身上傳了出來，韓宇庭可以感受得到，那同樣是能夠將自己殺死的力量，卻從側面衝擊著龍鱗銀，減輕自己的壓力。

龍翼藍的力量是站在自己這方的——假如他能夠思考，便可以得出這樣的結論。

可惜被恐懼擊倒的腦袋完全無法思考，感受到龍翼藍發出的第二股力量之後，韓宇庭反而慘叫得更為大聲。

「哎呀！宇庭，你別怕！」弄巧成拙的龍翼藍慌張地大喊。

「兩個都是蠢貨！」

「呃啊啊啊啊啊——」

在強大的力量下，韓宇庭感覺自己彷彿就要化為齏粉！

「哥哥，姐姐，住手！」

「咦？」

「咦，小黑？」

發、發生什麼事了？韓宇庭備受摧殘的腦袋茫然地轉不過來，只覺得身體好像突然之間輕了一百倍一樣。壓力消散之後，粉碎的身心「重組」了起來，緊接著便「跌落」在本來就「趴著」的地板上。

「姐姐，妳到底在幹什麼啊？」

韓宇庭虛弱地抬起眼皮，看見眼前橫眉豎目地替自己說話的……居然是龍羽黑？

「太過分了吧，居然用龍威對付這麼弱小的人類？」

「小黑，妳不要生氣嘛！」龍鱗銀趕快辯解，「我聽說是這個小子把妳弄傷的，不是嗎？姐姐只是稍微教訓他一下。」

「他把我弄傷？」龍羽黑挑起了一邊眉毛，「姐姐根本沒有搞清楚狀況，如果我真的是被他弄傷的，難道我不會自己教訓他嗎？」

「欸，這、這個……」

「姐姐是笨蛋！」

「嗚哇！」龍鱗銀像是被大錘子打到一樣跌進了沙發裡，雙手撫著心口，「小黑居然對我說出這種話……」

龍羽黑一邊教訓著自己的姐姐，右手一邊移動，挪到韓宇庭的額頭。

「事實正好相反，韓宇庭是幫我趕跑想傷害我的人。姐姐妳應該多學哥哥，先把事情弄清楚再展開行動。」

韓宇庭感覺自己的上半身被輕輕抬了起來，接著龍羽黑開始搓揉著他的腦袋。龍羽黑的手指冰冰涼涼的，雖然柔軟卻很有力，經過她輕按以後的穴道，原本難以忍受的痛楚得到了有效的舒緩。

「還有一件事我還沒找姐姐算帳呢！妳是不是偷偷在韓同學身上動了手腳？」

「咦，妳發現了？」

「我在韓同學身上發現騎士之盔的咒語，就知道一定是姐姐妳做的好事。」

「小黑，我這都是為妳好啊！」龍鱗銀可憐兮兮地看著自己的妹妹。

龍羽黑生氣地說：「我已經不是時時刻刻都需要被保護著的小孩子了，姐姐妳也不必在韓同學的身上施放什麼亂七八糟的咒語，強迫他跟在我的身旁。我覺得這次妳實在太過火了，以後不准妳再對韓同學出手！」

「噯，為什麼？口口聲聲都是韓同學，小黑，不，小黑～難道在妳心目中，這個傢伙比姐姐還要重要嗎？」

「做事不經大腦，還弄傷我的……我的救命恩人。」龍羽黑謹慎地考慮著措辭而稍微猶豫了一下，但這並不能平息她的怒火，「總之，這樣的姐姐我最討厭了！」

「哇呀！」

躺在一旁的韓宇庭，耳中不斷聽到混亂的聲響，可是腦袋卻沒辦法思考任何事情。

雖然還是迷迷糊糊地，不過好舒服。

韓宇庭輕輕呻吟起來，一齊朝全身湧來的疲倦感使得眼皮好重。

不，不如說是因為太舒服了，反而更陷入了昏沉的狀態。

矇矓、矇矓，又矇矓。

但在這柔軟又帶著些許令人無法忘懷的香氣裡面，痛楚漸漸消散。

韓宇庭恢復了意識，一張開眼，便和龍羽黑四目相交。

「咦，呃，龍羽黑同學？」

「唔……」

龍羽黑居然露出了既驚訝又害羞的表情，尷尬地說不出話來，咕嘟咕嘟地嚥了好幾次口水。

韓宇庭因為很在意額頭上那冰冰涼涼的感覺是什麼，下意識地抬手朝著自己的頭上伸去，結果按住了一樣很柔軟的東西。

「呀？」

龍羽黑嚇得尖叫了起來，趕快抽出手。

「你在做什麼？」

「對、對不起，龍同學……啊，剛才是妳在照顧我嗎？」

龍羽黑吃驚地睜大眼睛，白皙的臉頰忽然之間飛上一片粉紅。

「你、你少誤會了，我可不是在擔心你喔！笨蛋！」

她迅速地抽出了腿。

「呀啊！」

韓宇庭的後腦勺就這樣撞到地板上。

龍羽黑愣了一下，不知道該不該說聲對不起，不過她還是很快地跑掉了。

「笨蛋！」跑上樓前，她又再度罵了一聲。

可憐的韓宇庭，完全不知道自己為什麼會無緣無故被罵了兩次。

「嗚！到底是怎麼一回事啊？」韓宇庭委屈地摸著腫起來的後腦勺，轉頭卻看見龍鱗銀露出有如深仇大恨般的表情，嚇了他一跳。

「嗚嗚——嗚嗄嗄吱吱——」

「那個……龍鱗銀小姐，妳先把咬在嘴裡的手帕放下來，才能夠好好說話吧？」雖然還是覺得龍鱗銀很可怕，可是她現在的模樣卻又十分滑稽，韓宇庭只好無奈地說。

「嗄嗄——呸！嗚！好吧，哼！韓宇庭，別以為你這樣就贏了！」

「我贏什麼了嗎？」

「居然在我面前睡在妹妹的膝枕上！死刑！韓宇庭，你已經被宣判死刑了！」

「為什麼這樣就要把我處死啊？」韓宇庭難以置信地叫著。

「那可是小黑超級舒服的膝枕啊！」

「雖然妳這麼說，可是我剛剛根本感覺不到。」

他剛剛幾乎昏過去了。

「你說什麼？居然感受不到？太暴殄天物了，那可是小黑的膝枕喔！是小黑的膝枕啊！臭小子！」龍鱗銀歇斯底里地大喊，「啊，我受不了啦，過來！我要把你嚼碎！」

「我才不要！」韓宇庭落荒而逃，趕快躲到沙發後面。

「姐姐，妳冷靜一點。」龍翼藍幫忙緩頰，「剛剛羽黑是在幫宇庭做治療，這樣應該不算數吧？」

「我現在就想變成龍了。」

「妳辦不到吧！」龍翼藍無奈地搖搖頭，「而且妳剛剛也答應羽黑不再對宇庭出手了。妳再這樣下去，又會被羽黑討厭喔。」

「什麼，你說什麼？太可惡了，為什麼只有你一個人可以獨占小黑？」

「哎、哎呀！我、我沒有啊！」

龍鱗銀氣得跳起來，不斷對弟弟的頭頂施以拍打攻擊，龍翼藍困擾又無奈地擋著她的攻勢，但是卻沒有還手。

欸？原來剛剛龍羽黑說的那些話這麼有效力嗎？韓宇庭冒險地從沙發後探出頭，只見經過一番折騰後，龍鱗銀終於打累了回到沙發上，並且露出一副不甘心而氣喘吁吁的模樣。

「過來！」她命令道，「我不會咬你啦！你坐好，我們重新談一下正事。」

韓宇庭忐忑地坐回了沙發，龍鱗銀把腿盤在椅子上，稍微整理了一下雜亂的頭髮。（她剛剛咬在嘴裡的原來不是手帕，而是髮圈。）

「首先，我必須向你道歉，居然用龍威對付你。」

「龍威？」

「龍威雖然不是魔法，但也是龍所具備的一種武器，會引發較低等物種的強烈恐慌感。不過你不必擔心，對身體無害。」龍翼藍解釋道。

韓宇庭點點頭，鬆了一口氣。

「哎唷，只不過是一次龍威，又不是吃了一記魔法，不要這麼小題大作嘛！年輕人！」

「鱗銀小姐妳……」韓宇庭被龍鱗銀的回答搞得啼笑皆非。

「姐姐，拜託妳不要火上加油。」龍翼藍愁眉苦臉地勸著龍鱗銀，然後帶著歉意的表情對韓宇庭說，「宇庭，請你原諒姐姐的唐突。事實上，若不是你的幫助，羽黑也難以從這次的危機中脫身，你幫了她很大的忙，我們應該感謝你的。」

「對啦對啦！雖然你衝上去揮劍的樣子又蠢又矬，但還是成功趕走那些傢伙了，不是嗎？」
「妳、妳、妳怎麼會知道？」韓宇庭頓時覺得十分不可思議，龍鱗銀說出來的話，就好像她身歷其境般地看見了當時的戰鬥一樣。
「韓宇庭，你一定很納悶我怎麼會知道當時的情景，也很疑惑襲擊小黑的人的身分吧？」
韓宇庭訝異地看著龍鱗銀，一邊讚嘆著龍的腦袋真好，居然一下子就猜出來了。
「我從你身上碎裂的『騎士之盔』魔法就能看得出來了，畢竟那是我所施展的魔法。普通人甚至是一般的智慧種族，都不可能破壞這副盔甲，只有那些傢伙辦得到。」
「妳、妳該不會什麼都知道了吧？」
「是啊！」龍鱗銀毫不掩飾地說，「打從在門口瞥見你就略知一二。」
「既然這樣，妳為什麼一開始還要那樣對我！」
「因為你救了小黑是一回事，害得小黑哭著跑回來又是一回事，我當時太生氣了所以……嗯咳，韓宇庭，總之，龍做事是不需要講道理的。因為我是龍，只要我喜歡沒什麼不可以。」
「妳這樣簡直是無賴嘛！」
「謝謝你的讚美！」龍鱗銀厚顏無恥地勾起了嘴角，「看在我的魔法也救了你的分上，就不要跟我計較啦！」

她輕輕抬起指尖，韓宇庭訝異地看見自己身上飄起半透明的碎片，飛向銀髮女子的身邊。

咦，那東西還在自己身上？韓宇庭急忙扯開領口，當然，身體上什麼都不存在。

龍鱗銀噗哧一笑，「不用看了，這不是實體的盔甲，是魔法變出來的。」

「妳、妳是什麼時候對我施展魔法的？」

「昨天晚上我趁你睡覺的時候去你房間，一邊對著你的耳朵說話，一邊施法。」

「妳、妳、妳，難怪我昨天晚上會做那種奇怪的夢！」韓宇庭氣得大喊，「妳不知道隱私權是什麼嗎？」

「難道你的房間裡有什麼不可告人的東西嗎？」龍鱗銀居然理直氣壯地回答，「沒有的話，幹嘛怕我偷看？」

「咦？」面對強詞奪理的龍鱗銀，韓宇庭一時語塞，「是、是這樣的嗎？」

「當然是這樣囉！」

韓宇庭不知道該怎麼反駁，垂頭喪氣，在狡辯中獲得勝利的龍鱗銀則是得意洋洋。

「好了，姐姐妳不要再鬧了。還有韓宇庭你也不必擔心，騎士之盔的魔法沒有副作用，純粹是為了保護你。」龍翼藍彷彿看不下去龍鱗銀的醜態，於是冷靜地開口，「言歸正傳，攻擊羽黑的人，叫做魔法師。」

「魔法師？」韓宇庭聞言愣了一愣，他的確記得那些人是如此稱呼自己的，但是這依然是他從來不曾耳聞的名詞，「那、那個魔法師究竟是什麼？」

「簡單來說，就是使用魔法的人類。」

「使用魔法的人類？」韓宇庭驚叫出來，「但、但是這不可能啊！人類怎麼可能使用魔法？魔法不是專屬於智慧種族的力量嗎？」

面對韓宇庭的疑問，龍鱗銀與龍翼藍各自做出了不同的表情，一個露出不屑的輕笑，另一個則是沉著地搖了搖頭。

「這是大多數人的誤解，其實人類也能使用魔法，應該說，人類本身也算是智慧種族之一。只是人類對掌握魔法的資質浮動相當大，不像其他智慧種族一律具有天生的魔法屬性，只有少部分的人類可以感受到魔法力量。」

「而且所有的魔法師都相當低調，幾乎不出現在人類世界的歷史上，哼哼……還真是適合這群鼠輩該有的樣子呢！」

「為什麼呢？」

「因為魔法師是一群竊取了龍的魔法的人，他們害怕受到龍的追究。」龍翼藍解釋道，「宇庭，你知道魔法是源自於哪一族的力量嗎？」

韓宇庭點點頭，「是龍。」

「沒想到你居然知道。」龍鱗銀有些訝異地回答，「沒錯，龍族是太初第一個懂得使用魔法的種族，並將一切魔法的知識與技術傳授給其他智慧種族。這也是為什麼龍族會被尊稱為『智慧種族中的貴族』的原因。但是龍族並沒有將魔法傳授給人類，是人類自己偷學的，這群奸詐的小偷！」

「即使掌握了魔法，魔法師也不敢太過招搖。只是，他們終究無法抑制自己的欲望，千方百計地想從龍身上奪取更高深的魔法……他們一定是覺得還是幼龍的羽黑比較容易下手，想抓走她取得更多龍的祕密。」

雖然冷靜地分析了情況，但龍翼藍的表情仍無法不顯得擔憂。

「這群膽小鬼！黃鼠狼！竟敢欺負我可愛的小黑，有本事就衝著大爺我來！」龍鱗銀氣得在椅子上亂蹦亂跳，「我會讓他們見識見識成年巨龍的厲害！」

龍翼藍連忙安撫失控的姐姐。

韓宇庭回想起當時那個模糊人影所說過的話，也證實了龍翼藍的猜測八九不離十，這很可能就是魔法師們的動機。

「這下我明白了。只是，既然你們的力量那麼強，大可自己來保護羽黑同學就好，不是嗎？」

「喂！韓宇庭，你好好用腦袋想一想，就算我們的力量再強大，也不可能二十四小時都待在小黑身邊吧？特別是她現在開始上學了，就有一定的時間會和我們分開。」

「呃，的確。不過，羽黑同學其實不一定要上學啊？」

「不行。學校是你們人類獲取知識最重要的場所，既然我們要在人類世界裡待上很久，就必須學著融入你們的社會。」龍鱗銀挑明說，「按照你們人類的習性，不同年齡階層的成員，會依循自己被分派的任務，在所屬的位置從事工作。所以，小黑一定得去上學，而翼藍也會去找一份工作。」

「那妳呢？」

「據說人類世界的女性給男性奉養是很普遍的事情。」

才不普遍！韓宇庭瞇著眼睛看她，龍鱗銀說的比較像是夫妻之間才會有的情形吧！而且現在職業婦女也很普遍了。

但是他沒有膽子糾正，銀髮女子也就順理成章地繼續說了下去，「總而言之，你的工作就是在我們沒有辦法陪在小黑身旁的時候，盡可能地保護她，還有協助她融入人類的社會環境……欸，等等，你先別著急。」看出了韓宇庭張開嘴巴，一副想拒絕的模樣，龍鱗銀連忙伸出手指在他臉前晃了一晃，還一邊搖著頭。

「我說了，這是『工作』，意思是我願意與你交換契約。」

「交換什麼？」

「契約。」龍鱗銀揚起嘴角說道，「所謂的工作，就是指有報酬的事情對吧？所以說，你要是能夠完成我們託付的任務，那我就會給你一定的報酬。」

報酬？韓宇庭心裡第一樣想到的東西，不意外地就是……

「妳是說那些金銀珠寶嗎？」

「沒想到你對物質貨幣那麼有興趣啊？也可以啊！不過，我原本想要給你的報酬是實現你的一項願望，如果你想更換，我沒意見。」

「實現我的願望？」

「沒有錯。」龍鱗銀浮現了莫測高深的詭祕微笑，「龍所能實現的願望範疇超乎你的想像，就算你想成為世界之王，我也能應允你的願望。」

她此時的氣度與神采不再是先前隨隨便便的鄰家大姐姐模樣，她的眼中透出閱盡世間的滄桑與智慧，韓宇庭頓時被嚇了一大跳。

「世世世世界之王？」

「呵呵，人類的貪欲啊……」龍鱗銀舔了舔嘴唇，「你沒有聽錯，就算要掀起滔天戰火，龍也會實踐諾言。」

「我、我沒有要那麼可怕的東西啦！」韓宇庭連忙搖手否認道，「我想要的願望其實很簡單的。」

「喔，是什麼啊？」

「不……不能告訴妳。」

「說出來嘛，我們不是好朋友的嗎？」龍鱗銀興致勃勃地催促道。

「哪時候是啦？」剛剛妳還想折磨我呢！

「人家想聽八卦！」

「不、不可以！」韓宇庭拚命地叫了起來，「哎唷，算了……妳說的話我會再慎重考慮看看的。」

「咦，你不滿意這個契約嗎？」龍鱗銀睜大了眼問道，「我以為我開出了一很優渥的條件咧。」

「我會幫助你們好好照顧龍同學。」韓宇庭誠摯地說，「但不是為了什麼報酬或是好處。而是……而是身為鄰居以及同學，我們本來就該互相幫助，我也希望能和龍同學好好相處。」

「小黑是個好孩子，我相信你們一定可以成為很好的朋友。」龍鱗銀說，「而且，你有注意到嗎，剛剛小黑摸著你的時候，你的身體並沒有起過敏反應。」

「呀！」韓宇庭輕聲地叫了出來，「真、真的，這怎麼可能？」

銀髮女子露出了神祕的微笑，「韓宇庭，這就是你和龍族特別有緣分的證據，雖然不知道是什麼原因，不過你卻可以碰觸小黑的身體而不會起反應，我想，這說不定是治療你那奇異體質的關鍵。」

「真的可能治好嗎？」韓宇庭彷彿看見了一絲希望。

「我不能保證，但我猜，你跟在小黑身邊或許會有什麼發現呢！」

「如果真的是這樣的話，那我以後做智慧種族研究的夢想或許能夠成真。」

一想到困擾自己多年的宿疾展露出治癒的曙光，韓宇庭興奮不已，握著雙拳，只差沒有像一隻兔子那樣快樂地蹦跳起來，過於雀躍的他沒有注意到龍翼藍與龍鱗銀悄悄地交換了一個眼神。

「姐姐，妳為什麼要對韓宇庭說這些話？」

「你也注意到他身上的祕密了吧？」龍鱗銀像是欣賞著一件曠世珍寶一樣地看著韓宇庭，

「我說的也不算全錯啊，只是雙方各取所需罷了。」

回頭再看著韓宇庭，他終於稍微從先前的興奮中冷靜下來了。

「請兩位放心，我會好好努力和龍同學相處的。」

「加油吧，韓宇庭，雖然小黑的嘴巴有時候毒了點，脾氣有時候壞了點，個性有時候拗了點——但是你看看她的模樣，還是非常可愛的，不是嗎？」

「這個……我怎麼覺得鱗銀小姐好像把龍同學的性格說得一無可取……這是在開玩笑吧？」

「當然是在開玩笑，我家的小黑可是全世界最棒的了！」

「是嗎？嗯，我也覺得龍同學的心地還是很善良的，只要她別再對我說那些讓人產生心理創傷的話就好了。」

龍鱗銀和龍翼藍對看了一眼，露出了十分有興趣的神情。

「喂！韓宇庭，小黑對你說了些什麼呀？」

「咦、咦，沒、沒有啊！什麼都沒有。」韓宇庭發現自己一不小心說溜了嘴，連忙搖手否認。

「宇庭，你曾經幫助羽黑，也可以算是她的恩人，如果她曾經有任何地方對你無禮的話，做兄姐的我們是該道歉。方便的話，可以告訴我們她說了些什麼嗎？」

「欸，沒錯，我也支持。我好想知道會造成你的心理創傷的話是什麼噢！」

「妳妳妳……」

聽見了龍鱗銀的附和，韓宇庭真不知道該哭還是該笑。

不過龍翼藍的態度倒是十分地誠懇，對於這條藍龍，韓宇庭有種更可以信任的感覺。

「……那個，你們聽了不可以笑我喔！」

「當然。」他們異口同聲回答。

「那個……就是，龍羽黑同學……她笑我矮。」

「哎呀，這樣啊。」龍翼藍歉疚地遮住了嘴巴，「真是不好意思。」

「嗚！你們一定認為這很可笑對吧？」韓宇庭自己也覺得很困窘，「我竟然會在意這種無聊的小事……還有妳到底要笑到什麼時候，妳剛剛不是才答應過不會取笑我的嗎？」

「嗚呼呼呼呼……我哪裡……嗯嘿嘿嘿嘿……有笑你了？」

躺在地上的龍鱗銀正捧著肚子不斷抽搐，「我、我快要斷氣了！」

……她臉上的表情明明開心得很。

不管怎樣，他們花了好一段時間看龍鱗銀拚命地踢著腳，誇張地滾來滾去，卻只能無可奈何地搖頭。

「哎唷！就因為這、這個……噗嘻嘻嘻嘻……韓宇庭，欸嘿！」龍鱗銀狼狽地爬回了椅子上，面容扭曲地對著漲紅了臉的韓宇庭說，「我跟你講啦，這只是小事！」

「妳說這是小事？」韓宇庭生氣地豎起了眉毛。

「因為比起征服世界，這種事情要簡單得多了。」好不容易恢復鎮定的龍鱗銀一邊喘著氣，一邊搖著手，「而且我覺得這剛好可以成為一個很不錯的契約內容呢！不如這樣吧，韓宇庭，只要你能完成我們的託付，作為交換條件，我就讓你長高喔！」

「這、這種事情辦得到嗎？」韓宇庭滿懷希望地張大了眼睛。

「很簡單啊，只要一直灌你牛奶不就行了嗎？」

韓宇庭一瞬間變了臉色。

龍鱗銀趕快改口，「就算這招行不通，我也還有別的辦法啦！你不要那樣子看我，我說的是認真的辦法，龍比那些沒用的科學家和營養學家高明太多了。」

「妳是說……魔法？」

龍鱗銀俏皮地眨了眨眼。

「這個主意還不錯吧，韓宇庭，那就這麼說定了。」

銀髮女子說完舉起兩根手指，輕輕地在韓宇庭的額間點了一下。

「這是……」

韓宇庭聽著龍鱗銀口中誦唱難以理解的咒語，一股冷冽的氣息倏忽穿透他的全身，他不禁打了一個冷顫。

「我能做的不多，但是我在你身上施加了能暫時改善智慧種族過敏症的魔法，魔法生效的期間中，即使你和其他智慧種族發生肢體接觸，也不至於暈倒。」

龍鱗銀說完，伸手在韓宇庭臉上捏了一下。

果然什麼事都沒有發生。

沒有抽搐、沒有昏倒，只是有一點麻麻的，而且能夠確確實實地感受到對方手指頭的溫度，韓宇庭以讚嘆的眼神回望著銀髮女子。

「看來是沒有問題了，那麼，今後羽黑就拜託你了。」龍翼藍客氣地點了點頭。

「翼藍先生你太客氣了。」韓宇庭看了看手表，「時間不早了，我要回家吃晚飯了。」

「慢走，明天早上就請你來接羽黑上學吧！」

龍翼藍禮貌地將韓宇庭送出家門。

三、龍與吸血鬼的校園女王

一大清早，韓宇庭剛打開家門，便聽見從隔壁傳來的激烈（？）爭吵聲音。

「好了，藍哥你夠了啦，我快遲到了！」

「等等，妳的領口還沒有調整齊，我再整理一下……」

「這樣很丟臉，我又不是小孩子。」龍羽黑扭著身，擺脫伸出手的龍翼藍。

「衣服這樣亂糟糟的話，會被人家笑話的……呃呃，早啊，宇庭。」

「早安。」韓宇庭禮貌地點頭問好，「咦，鱗銀小姐呢？」

「姐姐嗎？」龍翼藍苦笑，「還在賴床。」

龍翼藍今天早上依舊把那頭顯目的深藍長髮紮在腦後，穿著一套深灰色的棉質休閒上衣，至於下襬，竟然圍著一條圍裙就跑出來了。看見這幅光景，韓宇庭噗哧一笑。

當他將視線移轉到龍羽黑身上時，他愣住了。龍羽黑今天換上了新的制服，藍色的西裝外套搭配下身的格紋短裙，充分顯現出姣好的身材，也讓她更增添了一份清麗脫俗之美。

「我去上學了。」

意識到從韓宇庭處投來的視線，龍羽黑似乎有點不高興，趕快推開了柵門。

「欸，等等，妳不和宇庭一起走嗎？今天我和姐姐都沒辦法帶妳到學校。」

「不過就是在人類的市鎮裡面走一走，有什麼難的？我自己也能到學校！」

「啊啊，羽黑不知道在鬧什麼彆扭，不好意思，讓你見笑了。」

「不不不，這怎麼會?好了，我看我還是先追上她吧！」

「那就拜託你了。」

龍羽黑走得非常快，韓宇庭好不容易才追上她的背影。

看見她停在路中央，韓宇庭慌忙停下腳步，龍羽黑扭過頭來，語氣中透漏著些許不耐，「別老像跟屁蟲一樣跟在我後面好嗎?你這樣子讓我很不舒服。」

「咦?」

「不管昨天以前姐姐是用什麼方法威脅你做事的，從今天開始都已經一筆勾銷，她不會再對你怎麼樣了。」

「這個我明白。」

龍羽黑點了點頭，但模樣看起來似乎仍有些不太滿意。

韓宇庭試探性地問：「那個，龍同學，我是不是有哪裡惹妳不愉快了啊?」他發現每當自己進一步，龍羽黑也會悄悄後退，兩人之間維持一個微妙的距離。

「唔……沒有啊！」龍羽黑嚥了嚥口水，韓宇庭察覺到她臉上露出的並不是嫌惡的神色，而是有點……緊張?

「我、我們之間的誤會，在昨天就冰釋了。」

「啊，關於那件事，我想要謝謝妳，謝謝妳昨日的搭救。」

韓宇庭誠摯的態度反而讓龍羽黑有些不知所措，「是、是嗎？那、那只是舉手之勞而已！」

她絞弄著手指掩飾著心中的情緒，可愛的模樣讓韓宇庭微微有些心癢。

「噢，還有……」她稍微背過頭，小小聲地說，「之前對你那麼不禮貌，我是也應該道歉的。」

「我沒放在心上了。」韓宇庭點點頭，「那麼……」這次是個好機會，他可以試著跨近一步的距離。

「嗯……好。欸！可是──你別靠過來！」

咦？轉瞬間她的語氣又變得激烈，像是在防衛著自己，韓宇庭頓時被她拉高的聲調嚇了一跳。

「我、我說這些話的意思，就代表從現在開始，我們之間已、已經沒有關係的了。我可、可以獨立自主，不成問題。你不要又聽銀姐、藍哥的慫恿，對我擔憂這、擔憂那的了。」

「我知道。」

「你知道就好。」

說完龍羽黑繼續向前邁步，韓宇庭也跟了上去。

「喂！不是才剛講完而已嗎？你還跟這麼緊做什麼？」

龍羽黑突然轉身，怒氣沖沖地面向韓宇庭。

「我不需要別人的保護，別再跟著我了！」她握起了拳頭再三強調。

「呃……但是，龍同學，妳忘記了嗎？我和妳念的是同一間學校啊！」韓宇庭無奈地回答。

龍羽黑無言以對，一時之間，只見黑髮少女漲紅了臉，連忙轉身背對韓宇庭。

「哼！」困窘的她把氣重重地出在馬路上，用力地邁出腳步。

看著龍羽黑大力地走著正步的樣子，韓宇庭真是擔心那雙鞋子會不會被她踢壞？不過，更加吸引他注意力的是，龍同學的腿好白、好修長，那光潔的腿上，渾然沒有瑕疵，真的是……他不由得猛吞口水，轉移不了視線。

那雙美腿突然停了下來。

韓宇庭吃了好大一驚，差點就煞車不及撞上黑髮少女，他抬起頭，發現龍羽黑離自己不到三十公分，嚇得趕緊跳開。

要是被發現他一直在盯著她的腿看，不知道她會不會大發脾氣？韓宇庭一顆心七上八下地懸著，深怕下一秒就要迎接她的破口大罵，然而龍羽黑卻只是呆呆在站在那裡，絲毫沒有動作。

韓宇庭按捺著不安，從後面悄悄觀察龍羽黑。後者對著前方的十字路口左顧右盼，眉宇間浮現一種茫然的神色。

「那個……龍同學，妳該不會是……不知道走哪條路吧？」

龍羽黑瞪了他一眼。

「沒有這回事，別瞎說。我、我知道怎麼去上學，而且這跟你無關吧！」

——如果妳不知道路的話，可以跟在我的後面唷！

像這樣的話，韓宇庭當然懂得不該在這種時刻說出來。

「是嗎，那我先走一步了。」

他故意大聲地開口，接著裝作若無其事地邁步超過了黑髮少女。

走了一小段路，韓宇庭悄悄舉起手機，透過反光的螢幕，確認了身後不遠處的黑髮少女身影。不知為何，龍羽黑四處張望著這陌生的街景，看似要努力把它們全都記憶下來的模樣，讓韓宇庭覺得很可愛。

走了不久，韓宇庭在公車站牌處停了下來。

「怎麼了，不去學校了嗎？」跟上來的龍黑羽問道。

「在這裡等公車，公車會直達學校，不然要走很長一段路。」

「噢。」

「嗯，妳不是……」

「啊，那個，我……」

被察覺到自己偷偷跟著的龍羽黑雖然還是一副倔強的樣子，卻紅了耳根。

「妳要怎麼上學跟我無關，不是嗎？」

「沒、沒錯，就是這樣！」龍羽黑迅速地說道，「我只是剛好想嘗試搭公車而已。」

韓宇庭點點頭，不打算戳破。只不過，另一個疑惑在他心中升起，龍羽黑同學……會搭公車嗎？

等公車進站，兩人一起上了公車，路程中一切都很順利，龍羽黑東張西望的可愛模樣，讓韓宇庭差點沒注意到公車到站了。

「啊，龍同學，到站了，快點刷卡下車。」

「嗚！這、這個嗎？要怎麼用啊？」龍羽黑慌張地拿出卡片，手足無措。

「要刷卡，妳要把悠遊卡刷過機器上。」

「機器？」

「啊，那個……司機先生，不好意思，我們投現。對，我付錢！」

韓宇庭在司機先生和滿車乘客不耐煩的注視之下，手忙腳亂地朝零錢箱扔了一堆硬幣，拉著龍羽黑趕快下車。

「呼，好險啊……」韓宇庭抹了一把冷汗。

「真是麻煩又不方便的交通工具。」龍羽黑生氣地嘟囔，「又擠又搖，車夫又那麼不友善，為什麼人類不用馬車啊！」

都已經是什麼年代了，誰還在用馬車啊？而且馬車不是更晃嗎？韓宇庭啞口無言，只好先把龍羽黑拉到路邊再說，要不然在大馬路上這樣吵鬧實在過於顯眼。

「你幹什麼？」

「噓，龍同學，小聲一點，大家都在看。」

不知不覺中，他們已經吸引了不少視線，不少路人都往這邊指指點點起來。

龍羽黑的身體頓時僵硬了起來，彷彿那些路人的視線就像燒灼過的針一般刺得她渾身發疼。

「快點，我知道這裡有條小路！」韓宇庭指著幾間商店之間的小防火巷，「不好意思，把手給我……啊！」

——還說什麼把手給我咧！韓宇庭這時才突然發現，原來自己從剛才開始便一直牽著龍羽黑的手（難怪他可以感受到龍羽黑的身體變得僵硬），立時雙頰發燙地放開了手。

「對不起！」

反倒是龍羽黑比他更緊張，再度抓住了韓宇庭。「喂！你在做什麼，趕快進去呀！」

韓宇庭硬著頭皮，帶龍羽黑鑽入了鮮有人通行的小巷道。

在狹窄的通道之中，混濁的空氣不停鑽入兩人的鼻腔。韓宇庭緊緊握著龍羽黑的手，以防她不慎走丟，卻不自覺地呼吸加速、心情緊張。

握在手中的，是一具柔軟滑嫩得像絹布的物體，卻又彷彿陶瓷一般易碎，總之，不能不好好呵護。微熱的體溫從龍羽黑手上傳過來，韓宇庭幾乎可以感受到她激烈的心跳。

啊啊！沒想到在殷殷期盼了十幾年之後，我終於可以握到智慧種族的手，韓宇庭對這項奇蹟真是感謝極了。

「韓宇庭，走慢一點！」

「啊，不好意思，龍同學，我忘了妳是第一次走這條路。」

韓宇庭趕緊回過身來，龍羽黑稍微抬起了腳，查看襪子有沒有被鉤破。

這就是這條捷徑最大的缺點，雖然它能夠很快抵達校門口，可是路上卻有許多堆積已久廢棄物，銳利的危險物品也不少，畢竟它是一條幾乎遭到廢棄的小巷。除非快要遲到了，否則韓宇庭平時不會選擇走這裡。

不過，方才看到龍羽黑慌張的神色，他倒是想也不想就帶著人走進來了。

對了，她為什麼會那麼緊張呢？

「喂！你在看什麼？」

龍羽黑的叫喚讓韓宇庭及時清醒過來，他連忙把視線從她的大腿上移開。

「沒、沒什麼。」韓宇庭試著裝作鎮定，「妳沒有哪裡弄髒吧？」

「沒有。」

「這裡的路很多都不太乾淨，還是換回去大馬路？」

「不了。」龍羽黑搖搖頭，神色略顯猶豫，「我不喜歡有人盯著我。走這裡就好了。」

韓宇庭歪著頭，「龍同學……妳該不會是……很怕別人的目光吧？」

「怎、怎麼可能？」

龍羽黑強硬地反駁，然而她臉上的表情完全出賣了自己。

她抬起頭來，像是要掩飾被人看透時的慌亂，佯裝強硬地說：「告訴你，我並沒有……」

「注意一下，我們快到校門口了。」

「噢……」龍羽黑的勇氣像是隨著想說的話一起被打斷，她默默地低下頭，總算注意到兩人牽在一起的手。「咿呀！」

她連忙把韓宇庭的手大力甩開。

「呃……」

「啊！」一瞬間，龍羽黑驚慌了一下，她意識到了自己有多麼無禮，不知所措地看著韓宇庭。

韓宇庭意外地沒有動氣，「沒什麼。我知道了，我先出去，妳隨後再出來。」

「那個……對不起。」

少女不知道自己囁嚅的話語有沒有被男同學聽進去，韓宇庭看準了街上行人都沒有注意到的絕妙時刻，泰然自若地從小巷子中跨步出去。

「早安～」

「早安啊，班長。」

韓宇庭親切地和同學們互道招呼。一大清早的自習時間，同學們並沒有浪費掉正式上課以前的寶貴時刻，三三兩兩地聚在一起，七嘴八舌。

放下書包，稍微喘口氣之後，韓宇庭用眼角餘光瞥了一瞥，黑髮少女此時才從門外慢慢地走了進來，不過班上同學彷彿都沒注意到她的存在，既沒有人向她打招呼，更沒有人朝她多看一眼。

龍羽黑坐在位置上，若無其事地拿出了書本，開始閱讀。

「欸，早安啊，韓宇庭。」

黎雅心和砲灰迫不及待來找韓宇庭說話。

「早安，怎麼今天班上這麼熱鬧？」

「嘿！你忘記了嗎，今天不是有一節體育課？」

「不是忘了，是韓宇庭現在有了新歡就忘了舊愛。」

「我、我又沒有怎樣？」韓宇庭困窘地紅了臉頰，「還有臭砲灰你在胡說八道些什麼，什麼新歡舊愛的。」

「哼，誰不知道你剛剛在看誰啊。」

「是啊，太明顯囉~你之前不是說想要認識雲景高中全部的智慧種族學生嗎？可是現在，我看你的心思全都放在龍同學一個人身上啦！」黎雅心笑著說道，「就是因為雲景高中是智慧種族融合實驗學校，你才來就讀的，不是嗎？」

「當然，我可沒忘。」韓宇庭用拳頭敲了一下掌心，「妳這麼說我倒是想起來了，我一直想找時間去看看那個……」

「打擾一下！」

韓宇庭的話還沒有說完，就被走廊外傳來的尖銳問話聲打斷。

他朝外望了一眼，著實被嚇了一大跳，走廊不知何時被別班的學生擠了個水洩不通，人聲鼎沸，萬頭攢動的模樣簡直像是要在他們班外開起菜市場。

「哇啊，發生什麼事了？」

「噢噢！」黎雅心看著窗外，突然發出了一聲感嘆。

「妳是不是知道發生了什麼事？」韓宇庭頗覺奇怪地望著她。

「我什麼事情都不知道唷！」黎雅心滴溜溜地轉著眼珠子，「不過你是副班長，還是趕快出去關心一下比較好。」

此時，外頭的聲音恰好再度響起。

「喂！難道都沒個人出來嗎？本姑娘可是親自上門來了呢！」

韓宇庭只好趕快出教室回應。

「來了。」

「嗯，嗯咳！你就是這班級的代表嗎？」

咦，咦，韓宇庭左顧右盼，這個驕傲的聲音主人卻不知道在哪裡。

「在這裡啦，低下頭來，笨蛋！」

韓宇庭聞言低下了視線，卻看見一位身材矮小、金髮碧眼，還穿著從未見過的歌德蘿莉風制服的小女孩，兩手扠腰，一臉傲氣地站在自己面前。

他困惑地問道：「呃……不好意思，請問妳是附設國小部的學生嗎？」

「什、什麼？」對方漲紅了臉頰。

「妳是來找哥哥姐姐嗎？請妳告訴我他們的名字，我去幫妳叫他們出來。」

附設國小部的小學生怎麼會跑來高中普通科的學區呢？雖然納悶不已，但是韓宇庭還是盡可能露出了友善的微笑。

「夠了！你、你、你這個有眼無珠的傢伙！」小女孩舉起手，憤怒地指著韓宇庭的鼻子叫道，「你是真的這麼愚蠢還是在故意裝傻？這個高中怎麼可能有人不知道本姑娘是誰？」

「咦，是這樣嗎？」

韓宇庭驚慌地看著氣焰囂張的小女孩，不由得後退了幾步。一旦她激動地揮舞起拳頭，跟在她身後的一大票人（絕大多數都是男生）也紛紛開始鼓譟。

「好了好了，妳不要再生氣啦，伊莉莎白。」

就在韓宇庭不知所措的時候，一名少女排開人群走向他們。

「啊，妳是……」

韓宇庭馬上認出對方。

「米娜同學！」

「嗨，好久不見了，韓宇庭同學。」

米娜是商業科班級的副班長，兩人曾經在幹部教學會議中見過面，那次會議是學校為了讓一年級新生能夠對工作迅速上手而舉辦的研討活動。

然而韓宇庭對米娜印象深刻的原因，並不只是她成熟穩重的氣質——米娜不具有人類少女的外表，她擁有的是一雙豎在頭頂上的耳朵、長長的鼻吻，以及微笑時露出來的一排整齊白淨的利牙。

米娜不是人類，她屬於狼人種族。

「等、等等，妳叫她伊莉莎白，難不成她就是……」

韓宇庭詫異地將視線轉向小女孩。

「沒錯。」米娜點點頭，「入學時受到所有人的一致追捧，公認是今年新生中最吸睛的頭號美女——來自吸血鬼族的伊莉莎白！她就是我們雲景高中無人不曉的人氣校園女王唷。」

米娜的話一說完，站在伊莉莎白背後的男學生們熱烈地歡呼起來。

「伊莉莎白大人萬歲！」

「伊莉莎白大人最高！」

種種呼聲此起彼落，看得韓宇庭目瞪口呆。

「等、等一下啦，米娜，那個稱號很丟臉耶！」

「會嗎？妳不是很喜歡嗎，整天開口閉口都在說這件事。」

「可、可是，從米娜嘴裡講出來，就好像是在嘲笑我一樣。」伊莉莎白嘟起了嘴，搖晃著身體說道。

「沒有這回事唷。」米娜搖搖手指，露出促狹的微笑。

韓宇庭好不容易才從混亂中稍微恢復過來。

「噢，真、真的很榮幸，不知道女王陛下大駕光臨有什麼差遣嗎？」

在校園女王的面前，韓宇庭的用詞也變得客氣起來，伊莉莎白聽了他的奉承，陶醉地閉上眼睛。不過，要是她睜開眼的話，就會注意到韓宇庭臉上的表情和語氣根本就搭不上。

「哼哼！算你識相，那麼本姑娘就開門見山地說了吧！」她睜開眼睛，指著韓宇庭，「你們班上有龍，對吧？」

韓宇庭錯愕了一下，「是、是啊。」

「那就對了，聽說她是個女生。你──別懷疑，就是你，去把龍給我叫出來！」

她身後的男生們則在這時開始諂媚：「哎呀，伊莉莎白大人，也不知道那是真龍還是假龍，再說，就算是真的龍，也一定沒有伊莉莎白大人來得好看啊！」

「就是說啊，伊莉莎白大人才是這所校園實至名歸的女王呢！」

「嗯～嗯～很好，再多說一點！」伊莉莎白十分地滿意點了點頭。

韓宇庭張口結舌，站在原地沒有動作。

伊莉莎白不快地催促，「去呀，還愣在這裡幹什麼？」

「不用麻煩他了。」正當情勢僵持不下時，龍羽黑居然自己走出來了，大大方方地來到人群中央，「是誰找我？」

「妳就是龍？」伊莉莎白圓睜著眼睛問道。

「嘩……那就是傳說中的龍嗎？」

「怎麼是人類的型態？」

「不過……她好漂亮啊！」

「嗚哇！太漂亮了，我的女神……對不起，伊莉莎白大人原諒我！」

龍羽黑的出現一時之間引起了不小騷動，黎雅心趁亂挨近了韓宇庭身邊。

「怎麼啦？」

「他們說找要龍同學，不知道有什麼目的。」

「伊莉莎白不停嚷嚷著想來一睹龍的廬山真面目，所以我們就過來了。」

「咦？米娜同學？」

米娜不知何時也站到了韓宇庭的身旁，一副隔岸觀火的模樣，抱胸看著事態如何發展。

「伊莉莎白這傢伙，一聽說你們班上轉來了一個龍族美少女，就氣急敗壞地說想要看誰才是雲景高中的校園女王。這個傢伙實在是頭腦簡單，被底下的親衛隊們稍微煽動一下就得意忘形了。」

韓宇庭露出了苦笑，「恐怕要讓她失望了，龍……不就是這個樣子嗎？」

「呵呵，大家爭相傳頌的校園女王，不也就是這個樣子嗎？」米娜意有所指地學著韓宇庭說話。

「話說起來，龍同學是昨天才轉進我們班的，為什麼今天就傳到校園另一側的商業科去了？」

黎雅心乾笑了幾聲，「噢，呵呵……大概是我和朋友聊天的時候不小心說漏嘴了吧！」

「妳……」

她趕緊躲到米娜背後，「嗚！不能怪我啊，作為一個校園萬事通也是很辛苦的，總是免不了一些交際應酬跟情報交換嘛！」

「好啦，韓宇庭同學，你也不要責怪她了，反正這種事情遲早都會發生的。我們就靜觀其變吧。」

在他們說話的同時，走廊上對峙著的龍羽黑與伊莉莎白也開始對上了話。

「喔，妳就是龍嗎？怎麼和傳說中的模樣不一樣？」伊莉莎白雖然矮了對方一顆頭，可是氣勢絲毫不輸人，上下打量著龍羽黑，「本姑娘還以為龍有什麼三頭六臂呢，原來也不過這樣子而已。」

被伊莉莎白以這種態度對待，龍羽黑似乎有些動了氣。

「這當然是我用變身術變化而成的樣子，吸血鬼啊，問這種問題，不嫌自己見識不足嗎？」

「這、這個本姑娘當然知道！」伊莉莎白漲紅了臉，「本姑娘只是故意裝作不知道而已，妳不要太得意了。」

「妳來只是為了說這些話嗎？」

「當然不是！本姑娘本來想瞧一瞧大家都說非常可愛的龍長什麼樣子，不過現在看起來完全不需要擔心呢！」

「妳這話是什麼意思？」龍羽黑立刻豎起了眉毛。

「妳聽不懂嗎，當然是說本姑娘長得比較可愛！」伊莉莎白撥了撥自己最引以為傲的金髮，「瞧瞧妳這土樣子，連打扮都不會，當然不可能跟本姑娘比囉！不信妳問問他們吧！」

伊莉莎白比了比身後的親衛隊。

「哎、哎呀，雖然龍同學的樣子很清秀，但仔細一看，比起伊莉莎白大人好像少了點什麼。」

「嗯，確實如此。」

伊莉莎白得意地露出了尖尖的牙齒，「聽到了吧？」

龍羽黑不快地說道：「真是可憐，如果不靠妳背後的狐群狗黨撐腰，妳大概就沒有贏過我的自信吧！」

「妳、妳說誰可憐？」伊莉莎白沒想到對方居然如此辯駁，訝異得半晌都合不攏嘴，「我看妳才比較可憐吧，妳身邊連一個幫妳講話的人也沒有。睜大眼睛看清楚吧，誰才是勝利者根本一目了然，有著眾多支持者的我才是實至名歸的校園女王！」

「嗚！妳、妳說什麼？」

「我比較可愛，大家的意見當然就是真理！」伊莉莎白得意地仰起下巴，「最受歡迎的女學生只有一個，那就是本姑娘。妳就繼續當妳的土包子去吧！」

龍羽黑氣得連脖子都紅了，卻說不出話反駁。

「哈哈哈哈，我們走！」

伊莉莎白結束嗆聲，在她一票親衛隊的簇擁之下揚長而去。米娜也向韓宇庭與黎雅心告辭，不急不徐地追上人群。

走廊人去樓空，班上的同學將頭探出窗外，訝異地看著遠去的隊伍。

韓宇庭小心翼翼地觀察著龍羽黑的臉色。

「龍同學，那只是一群無聊的人，妳不必跟他們一般見識。」

「我……我當然不會。」

龍羽黑說完，依舊握緊著拳頭，不高興地轉身走進了教室。

除了早上某位吸血鬼同學引起的騷動以外，今天總算平安無事地度過。

每節下課時間，還是有不少別班的學生跑過來一睹「龍族轉學生」的風采，然而龍羽黑一直坐在位子上，抱著胸一聲不吭地沉思，讓大多數人掃興地離開。

一整天下來，龍羽黑都沒找韓宇庭說話。

放學鐘聲響起，韓宇庭開始收拾書包，準備回家，忽然聽到一聲呼喚。

「韓宇庭。」

「……龍同學，剛剛是妳在叫我嗎？」他錯愕地抬起頭來。

不知道自己有沒有聽錯，不過韓宇庭完全沒想過龍羽黑居然會主動喊他的名字。

「不然還會是誰？」龍羽黑還是維持著向前直視的模樣，不過臉上隱約顯現出一絲不耐煩。

「我有事情需要你。」

幫忙？龍羽黑傳送出來的訊息，竟然是請求幫忙？韓宇庭瞪大了眼睛。

「關於今天那隻吸血鬼所說的話……」

「伊莉莎白？妳還對今天早上的事耿耿於懷嗎？」

「胡、胡說什麼，才沒有耿耿於懷，我才不會在乎那隻吸血鬼說什麼。」龍羽黑生氣地轉過頭，「我只是……我只是覺得不能被一隻吸血鬼小瞧了而已，這可是攸關龍族的尊嚴。」

……果然還是很在意啊。

「那妳希望我幫妳什麼忙？」

「唔……」龍羽黑一下子變得吞吞吐吐，考慮了許久之後，終於像是豁出去似地說道：「我想要變得比那隻吸血鬼更可愛，更受到歡迎。」

「妳現在這樣就已經很可愛了啊！」韓宇庭不禁脫口而出，接著馬上意識到自己的失態，連忙捂住嘴巴，「呃，不，這個……」

龍羽黑的臉漲成了粉紅色，彷彿為了掩飾害羞而刻意轉過了頭，「嗯咳，這、這個我當然知道，謝謝你的誠實。不過，我非得給那隻吸血鬼一點教訓不可。」

她不甘心地哼了一聲，「大家都為她說話真讓我不是滋味。韓宇庭，有沒有辦法讓大家都認同我？」

「受人歡迎這種事情，可能沒辦法一天兩天就辦到。」韓宇庭困擾地搔了搔頭，「而且在變得和伊莉莎白一樣受歡迎之前，更重要的是在身旁建立起普通的朋友。龍同學妳難道沒有注意到嗎，今天班上的同學幾乎沒有和妳說過話。」

這番話就像踩到了她的痛腳，龍羽黑立刻豎起眉毛，站起來高分貝地說道：「韓宇庭，你是在指責我嗎？」

「呃，不是的，龍同學，請妳不要生這麼大的氣。」

「反、反正我就是不懂得怎麼和人相處啦！」

「沒有人一開始就擅長交朋友的。」無奈的韓宇庭只好委言相勸，「更何況，龍同學妳才轉學來第二天而已，日後有的是時間改變大家對妳的印象，不是嗎？」

氣呼呼的龍羽黑看起來好像還是沒有消氣，鼓鼓地脹著臉頰，並且煩躁地跺著腳，不過沒有再回嘴。

過了好一會兒，黑髮少女才嘆了一口長長的氣，「哎唷，你說的東西我也知道，我也有在反省……」

韓宇庭訝異地看著不小心露出破綻的轉學生。

龍羽黑連忙轉開視線，開口說道：「不想幫忙就算了，韓宇庭，既然如此以後我也不會煩你。」

「我沒有說不幫忙啊！」

「那你到底想怎樣？」

韓宇庭覺得自己很無辜，「我只是認為，與其把目標定得像伊莉莎白那麼高，不如從自己的身邊先交起要好的朋友，再一步步擴展交友圈，這樣比較容易。」

「你說得很簡單，但你身邊有那麼多朋友，怎麼明白我的困擾？」龍羽黑自怨自艾地說，「又沒有人願意和我做朋友。」

「沒有那回事。」韓宇庭搖搖頭，然後指了指自己。

「咦？」龍羽黑詫異地張開嘴巴。

「龍同學，如果妳不嫌棄的話，就從和我交朋友開始怎樣呢？」韓宇庭真誠地望向她。

「你……你……你？」龍羽黑仍然驚訝得連話都不太會說了。

「啊……呃……」看見她這副模樣，韓宇庭失望地說，「不好意思，看來我還是太唐突了，龍同學，就當我沒說過……」

「也、也不是不可以啦！」

「咦？」

只見龍羽黑抱起了雙臂，故意轉過頭去，「其實呢，嗯，我早就暗中觀察過，你的性格還算不錯，不像那些覬覦龍族的魔法跟力量的人，所以，我是覺得呢，如果你希望的話，和你交個朋友也不是不可以。」

韓宇庭被龍羽黑的這番話逗得一愣一愣的。

「別、別誤會了，我可不是因為寂寞才想找朋友的喔！我們龍族有著強韌的精神力，就算獨自活上數百年也不會有問題！總之，和龍成為朋友的生物，就算在魔法世界也是鳳毛麟角，你可要好好感恩啊！」

如果韓宇庭不在此時發出笑聲的話，恐怕龍羽黑就真的要講個沒完了。龍羽黑被他輕聲發出來的噗哧笑聲惹得耳根子都紅了起來，「你笑什麼啊？你覺得我很可笑嗎？」

「不、不是的，我這是……高興得笑出來，噗哧！」

「嗚！」

「龍同學，妳真可愛。」

「你、你在說什麼傻話啊！」

龍羽黑捶向身邊少年的粉拳用上了幾分力，痛得韓宇庭求饒了起來。

「啊，不是啦，別、別打我了！稱、稱讚朋友是一件很正常的事情，對吧？」

「下次不要再亂說話了。」龍羽黑垂下了肩膀，不過雙肩依然因為情緒激動而微微顫抖著，臉上的紅暈也絲毫不見退去。

「我明白了。」

經過韓宇庭的再三保證，終於讓龍羽黑滿意地點頭。

原諒了韓宇庭之後，黑髮少女又再度猶豫了片刻，終於開口說道：「既、既然我們成為朋友，那麼，你會陪我去我想去的地方吧？」

「咦？」韓宇庭疑惑地睜大了眼睛。

「朋友不就是要彼此作伴，一、一起行動的嗎？」龍羽黑眼神飄忽不定，緊張地說：「總之，我有一個很想要去的地方，你要跟我一起來。」

「嗚哇！」

看著那擺在玻璃櫃子裡頭的東西，龍羽黑雙眼閃爍發光，不由自主地讚嘆出來。

「看起來好好吃～」

「請隨意看看唷！」站在玻璃櫥櫃前，蛋糕店的店員笑容可掬地招呼。

這是位在學校附近最有名的一間蛋糕工坊，陳列在冷凍櫃裡面的精緻小蛋糕的確讓人看了不禁食指大動。

原來帶他來的理由是因為不敢一個人走進蛋糕店。

看著黑髮少女神情專注的側臉，韓宇庭心裡感嘆，龍竟然也會對人類的點心流口水。

「想不到妳要帶我來的地方是這裡啊！」

「唔～」龍羽黑連忙用袖子抹了抹嘴，「我、我只是因為沒見過這種食物而感到好奇而已。」

但是這股好奇已經到了可以使人兩眼發直的地步了。

「要我買給妳嗎？」

「不、不用啦！」龍羽黑得意地說道，「我知道的喔！你們人族在進行交易的時候，都會使用貨幣對吧！」

韓宇庭訝異地點點頭。

龍羽黑神氣地從書包裡拿出了像是錢包的小袋子。

「我早就事先預習過關於人類世界的書籍了，昨天也從寶庫那裡拿了零用錢。」

她很快地請店員夾出想要的蛋糕，然後準備付款。

然而看見龍羽黑從錢包裡面掏出來的金幣以後，負責結帳的店員跟韓宇庭同時發出了嗚咽的慘叫聲。

「這、這個，客人，我們沒辦法收……」店員困擾地看著價值足以把整間店的蛋糕都買下來的金幣。

龍羽黑困惑地睜大了眼睛，臉頰也逐漸變得通紅，「為、為什麼？」

「我來付錢吧！」韓宇庭連忙跳出來解危，順手搶下金幣，「這個我來負責找開。」

「啊，沒錯，這位小姐，真不好意思，本店剛好零錢不足，所以沒辦法收下您的貨幣。」

店員頗識時務地和韓宇庭一搭一唱，「您的蛋糕待會就會送到座位，請您耐心等候。」

「就是這樣，妳先去找位置吧！」

為了不讓龍羽黑感覺難堪，韓宇庭趕快請她進去。

龍羽黑離去後，店員一邊為蛋糕分盤，一邊問道：「那位小姐是智慧種族，對吧？」

韓宇庭不好意思地點點頭，「造成您的困擾了。」

「不需要覺得害臊喔，許多智慧種族剛來地球時也挺不能適應的，就像我一樣。」

「咦？」

店員輕輕笑了起來，指了指自己的耳朵。

「啊，精靈！」見到了學校沒有的智慧種族，韓宇庭不禁有些興奮難耐。

「我叫做阿賽兒。」精靈店員說道，「這間店是我的一位朋友開的，她讓我留在這裡幫忙。我們這裡有很多你們學校的學生來光顧喔，如果我沒記錯的話，現在剛好有一位你們的同學正在店裡用餐。」

「原來如此。」

「你的那位女伴，我能感覺到她似乎屬於一個不凡的種族……也許比吸血鬼和精靈族都還要強大，只是她的氣息十分古老，我辨識不出來。」

韓宇庭笑了一笑，沒有回答。他端起托盤，走進店內準備用餐。

出乎意料地，龍羽黑雖然坐在座位上，卻不斷警戒地看著坐在另一桌的客人。

韓宇庭順著她的視線望去，「米娜同學？」

「唷，這不是韓宇庭和號稱龍族的轉學生同學嗎？」正把蛋糕一塊一塊往嘴裡送的米娜愉快地向他們打招呼。

「沒想到會在這裡遇見妳。」

「這家工坊的蛋糕好吃呀！」

韓宇庭和米娜兩人閒話家常般地聊了起來，看見了這副模樣的龍羽黑正準備出聲抗議，此時——

「喂！米娜，我的蛋糕呢！」一道矮小的身影掀開蛋糕店的幕簾，匆匆忙忙地跑了進來，「呼～每個人都非得要握到我的手才肯回家，沒想到太受歡迎也是一種困擾……咦？」

新進入店裡的客人和龍羽黑彼此交換了驚訝的視線。

「龍？」

「吸血鬼？」

「妳怎麼會在這裡？」

「這句話應該是我問妳才對吧？」

「這間蛋糕店本姑娘從很早以前就常來了，後到的妳就不要拾、拾人什麼的……」

米娜在旁邊幫忙補充：「拾人牙慧？」

「沒錯，拾人牙慧。」

「開什麼玩笑，店又不是妳開的，難不成我進來還需要妳的允許？」

兩名美少女隔著桌子激烈地互瞪起來——不過看來身高具有優勢的龍羽黑暫時占了上風。

「也不知道哪裡來的野丫頭，就憑妳這副德性自稱是龍族，有誰會相信啊？」

「再怎麼樣也比某位矮不隆咚的吸血鬼強得多吧，看看妳的身高，是不是很多人都『不把妳放在眼裡』啊？」

「氣死我了，居然敢提身高的事！啊啊，不給妳一點顏色瞧瞧，妳就不知道天高地厚了是吧？」

「雖然我不怎麼想陪妳玩無聊的遊戲，不過龍族的尊嚴可不能被別人小看，妳如果欠缺教訓的話，我可以幫妳！」

兩人越吵越激烈，看得一旁的韓宇庭膽顫心驚。

「米娜同學，妳不上去勸架嗎？」

「有什麼必要呢？老實說，最近伊莉莎白有點被那些男孩子捧得得意忘形了，一旦看到長得漂亮的女孩子就非得去向人家挑釁，我倒是希望龍同學可以治治她呢！」米娜老神在在，「反正再怎麼說，不過就是小孩子吵架的程度吧？」

「這可不是只有小孩子吵架的程度啊！」韓宇庭擔憂地看著她們，如果說是小孩子，哪裡找得到這麼凶暴的小孩呢？

只見兩人越說越僵，伊莉莎白忽然用力一拍桌子，舉起手來，掌心凝聚起一道藍色的冰漩；龍羽黑不甘示弱，指尖綻起黑色火光。

不管是龍還是吸血鬼，都是能夠輕鬆施展魔法的高等智慧種族，換句話說，她們就像是兩顆不定時炸彈。

「哇啊，米娜同學，這下不得了了！」韓宇庭最擔心的事情果然發生了，「住手，伊莉莎白同學、龍同學，妳們不能在這裡使用魔法啊！」

再晚一步，這間店搞不好就有毀滅的風險了，米娜也放下點心，倏地站了起來。

「妳——」

兩人正準備朝對方投擲魔法，可是手上的魔法卻在同時突然熄滅。

「咦？」龍羽黑與伊莉莎白困惑地望著自己空無一物的手。

韓宇庭渾身一震，感覺到一股強大、危險的力量正朝他們靠近。他猛地轉頭看向那股力量的源頭，只見蛋糕店的簾幕又被掀開，走進了一個意想不到的人。

「呀啊~好久沒來這家店吃蛋糕了，吃來吃去還是妳做的蛋糕最好吃了呀，阿賽兒小姐。」

「你太過獎了，巫老師，你這麼說我會不好意思的。」

端著蛋糕盤子走進來的居然是巫海生老師。

巫老師露出一副驚奇的表情，「哦?居然有我們學校的學生在呢！」

「老師好。」無論再怎麼倨傲，龍羽黑與伊莉莎白終究是雲景高中的學生，在老師面前自然會比較有分寸。

「剛剛在外面就聽到吵鬧聲，妳們是在吵架嗎？」

「沒、沒有啊！」

「嗯，沒有就好，同學之間應該好好相處才是。」

米娜趁機走近伊莉莎白，「蛋糕也差不多吃完了，我們該回家囉！」

「咦，可是我還沒有吃到……」伊莉莎白抗議，「多留一會嘛！」

「不行，誰叫妳剛才把時間浪費在……嗯咳，不重要的事情上面。」

「可是，米娜～」

「妳再拖拖拉拉的，我可就要扔下妳不管囉，周．雅．婷．小．姐！」

伊莉莎白臉色發白地衝向米娜，「嗚哇！等、等一下啦米娜，跟妳說過了在外面不要那樣子叫我，萬一被別人聽到了怎麼辦？太丟臉啦！」

深怕米娜繼續爆出更多不該爆的料，伊莉莎白急急忙忙地把她推出門外，狼人與吸血鬼的對話聲漸漸遠去。

「我、我去一下洗手間。」龍羽黑似乎想要整理情緒，匆忙找了個理由離座。

韓宇庭不安地看著巫老師，默默地將蛋糕往嘴巴裡送。

「嗨，同學，我可以坐這裡嗎？」巫老師端著盤子，站在桌前朝他露出了友善的微笑。

「老、老師請。」韓宇庭想不到拒絕的理由。

巫老師泰然自若地坐了下來，他用叉子玩弄著盤裡蛋糕的同時，視線轉向了店裡的深處。

「那個孩子……是龍對吧？」

「咦？」韓宇庭詫異地看著巫老師，不知道他為何會突然提起這個話題，不確定地回道，「……是的？」

「你一定很疑惑我為什麼會知道吧？很簡單，只要看學生資料就可以明白了啊！」巫老師的目光就像是看穿了韓宇庭的心思，「韓宇庭同學，我觀察你很久了，你和龍同學是什麼關係呢？」

「沒、沒有啊，我們只是同班同學。」

「你和她這麼要好，我還以為你們是在……呃……交往呢。」

「沒、沒有這回事啦！」韓宇庭慌張了起來。

「哈哈哈，瞧你嚇成這樣，我只是在開玩笑。」巫老師哈哈大笑，「欸，不過，交男女朋友好像是校規禁止的事情對吧？」

「老師，我們真的只是普通同學。」

「好啦，老師相信你。」巫老師搔搔下巴，「不過說真的，你們的感情很不錯呢！」

「呃……那是因為我們是鄰居。」

「真的只有這樣嗎？」

一瞬間，韓宇庭從巫老師的眼神中察覺到他在懷疑自己，可是他馬上就掩飾住情緒，並且開口說：「啊啊，抱歉，老師太咄咄逼人了。只是我剛剛在想，既然你們是鄰居，不知道你對龍了解多少？」

「老師是問……」

「龍，可是魔法世界……不，說不定是這兩個世界最強大的種族，據說魔法世界的魔法都是由龍創造的呢！」巫老師眉飛色舞地說道，「說實在的，我真是做夢也沒想到，任教的學校居然會有龍！啊啊，真是此生無憾！」

「老、老師你……」

「喔喔，抱歉抱歉。」巫老師充滿歉意地看著他，「一不小心就興奮過頭了，原諒我一提到智慧種族就會忍不住長篇大論。唉！不知道你相不相信，我大學的論文就是以智慧種族為題目呢！」

「老師，你明明是自然科的老師吧？」

「不、不可以雙修嗎？」巫老師滿臉通紅地說，「研究智慧種族是我的興趣嘛！」

「老師研究的內容是什麼？」

「喔喔！看來我們找到了一位對智慧種族非常有興趣的學生。」巫老師開心地把湯匙當作粉筆一樣在空中揮舞，好像真的在上課，「老師研究的題材是魔法。」

「魔法？」

韓宇庭馬上就意會過來。

當今世上，魔法是很熱門的研究科目。普通人也許會想：「人類又不能使用魔法，幹嘛鑽研那種東西！」然而對從魔法世界遷居過來的智慧種族來說，如何在人類世界重現魔法，無疑是最重要的課題。

「對，就是魔法。」巫老師自豪地說道，「當年我試圖以科學方法找出構成魔法的能量，如果成功了，一、兩座諾貝爾獎恐怕跑不掉！」說著說著，他的臉上忍不住露出陶醉的神色。

「後來有成功嗎？」

「別提了。」巫老師沮喪地低下頭，「我現在不就只是個代課老師嗎？」

「老師別難過了，當老師也是一件很神聖的工作啊！」韓宇庭安慰道，「不過，研究的結果又如何呢？」

「你想聽聽看嗎？」巫老師似乎很高興有人可以和他分享這個話題，「其實，就算是智慧種族，想在我們這個世界施展魔法也很不容易，你知道是為什麼嗎？」

「因為，施展魔法的先決條件是必須有魔力，對吧？」

「很好，看來韓同學對智慧種族的了解真不少呢！」巫老師露出了嘉許的神色，「你說的沒錯，魔力是必不可少的，可是呢，雖然智慧種族本身每天有少許的產能，但這些魔力要累積成足夠施放一道魔法的量，少說也要十天半個月。而且，在日常生活中，他們會下意識地消耗這些魔力，就和我們呼吸一樣自然。」

「可是，我看伊莉莎白同學施展魔法好像很輕鬆的樣子。」

「伊莉莎白？」

「呃……周雅婷同學。」韓宇庭尷尬地說出了吸血鬼少女不欲人知的本名。

「喔～剛剛離開的那位個子小小的女生啊！」巫老師恍然大悟，「吸血鬼算是少數的上位種族，所以施展魔法比一般智慧種族容易，但是，一天頂多也就一發火球吧！據說活了幾百年的吸血鬼一天可以使用兩發……但那不重要。很多吸血鬼對外自稱是魔法大師，其實都只是在虛張聲勢而已。」

「竟然是在虛張聲勢……」

「唉，不管怎麼說，吸血鬼在魔法世界本來是倍受尊重的貴族，來到這個世界卻變得跟其他種族沒什麼兩樣，他們一定很難接受吧。」

「不過，為什麼我們這個世界不能夠使用魔法呢？」韓宇庭疑惑地問道，「按照老師的說法，魔力是由智慧種族自行生產出來的，而且數量稀少，那麼在另一個世界，他們也應該不能隨心所欲地使用魔法啊！」

巫老師微微笑，一副滿意的神情，「真是孺子可教也！你提到了一個很重要的點。事實上，有極少部分的生物或物質能夠大量生產魔力，其中有一個種族供應了魔法世界百分之九十以上的魔力來源。就是因為這個種族的存在，魔法世界的居民們才能便利地使用各種魔法來創造文明。」

「那是什麼……啊，難不成……」

「沒錯。」巫老師嘉許地點了點頭，「就是龍族。龍族是魔法世界文明繁盛昌榮的主因，不過，龍已經消失幾百年了，他們遺留下來的魔力差不多要消耗殆盡，魔法世界變得岌岌可危，這也就是為什麼智慧種族要遷居過來的原因。」

「可是……龍羽黑同學……」

這一瞬間，巫老師的神色忽然變得小心翼翼，「是的，龍羽黑同學是龍，是所有智慧種族遍尋了幾百年都一無所獲，卻又突然出現在我們這世界的龍。韓宇庭同學，我有一句忠告要給你，俗話說懷璧其罪，龍不可能不成為所有人注意的目標，你一定要看緊龍同學，行事萬萬不可張揚，別讓她任意使用魔法，這是為了你們好。」

「是……是……」韓宇庭緊張地回應。

「噢，不過，你也不必反應過度啦！」巫老師像是為了打破沉悶的氣氛，換了一個舒服的姿勢，淺淺地微笑著說，「我不相信龍是毫無準備就再度現身的，說不定他們早就都設想好了。據說魔法世界有著比核子彈的威力還要可怕的魔法，龍連那些魔法都不怕，這個世界上又有什麼能夠對他們造成威脅呢？你擔心再多也沒有用。」

韓宇庭點點頭，接受了巫老師的好意。

「總之，你們現在都還是學生，應該盡情地享受青春才對。」

「唔……」

「我現在已經不是研究者了，而是一名老師。韓宇庭，我的看法是，龍剛遷入這個世界，恐怕沒什麼機會結交朋友，對人類社會一定也有許多不了解的地方，你應該多讓她結識新朋友，或者帶她出去玩，多多認識這個世界。」

韓宇庭困惑地眨了眨眼，不知道老師為什麼要給自己這些建議，不過還是乖巧地點頭回應。

「好了，蛋糕吃完了，充電也該結束囉！」巫老師從座位上起身，伸了一個大大的懶腰，「回去又得繼續努力出考卷。我先走啦！」

「老師！」

韓宇庭叫住了巫老師，年輕的代課老師回過頭來。

「嗯？有什麼事嗎？」

「老師相信能夠使用魔法的人類是真的存在嗎？」

這個問句中，包含了韓宇庭所有的「試探」。

「魔法師嗎？」巫老師的神色顯得十分自然，嗤之以鼻地說道，「這只是某些無聊傢伙的幻想吧？從科學的角度來看，應該是不可能的。」

「是嗎……謝謝老師，老師慢走。」

「再見～」

韓宇庭點頭行禮，巫老師則是以背影附帶揮手作為道別。簾幕沙沙作響，他悠閒地走出了店門。

此時，另一個方向恰好傳來腳步聲。

「你剛剛在跟誰說話？」平復了心情的龍羽黑走了出來。

「當然是巫老師。」

龍羽黑有些詫異，「你和老師有什麼話好聊的？」

「老師給了我一些有用的建議。」韓宇庭停頓了一會兒，思索著方才巫老師的話語，「……巫老師是一位很不普通的人。」

經過方才的一番對話，他對巫海生這個人產生了不一樣的認知。

「你在喃喃自語些什麼呀？」

「啊，沒有、沒什麼。」韓宇庭搖搖頭。

但是，還不能夠就這麼拍板定論。

他考慮著那些在心頭久久縈繞的話語，接著下定了決心，抬起頭對上龍羽黑的視線，「龍同學，我們現在已經是朋友了吧？」

「是、是啊，你問這個做什麼？」龍羽黑不安地回答，「難、難道你想反悔？」

「不是的，我是想……呃……我是想，既然我們已經是朋友了，那麼我也應該介紹我的朋友給妳認識。」

「你的朋友？」龍羽黑的眼睛因為疑惑而睜得大大的。

「是啊！他們都是很善良的人。」韓宇庭想起了黎雅心和砲灰，臉上露出了溫柔的神色，「我想你們一定可以成為很要好的朋友。」

「唔～你說的好像有幾分道理……不過……」

「妳不需要緊張啦，龍同學，況且敞開心胸才能結交到真正的朋友喔！」

「哼，我、我才沒有緊張呢！」龍羽黑嘟著嘴說，「你說的這種小事我當然知道，交朋友什麼的，對我來說就像喝水一樣簡單。」

「是嗎，我知道妳一定沒問題的。哎呀，我很期待以後大家一起玩的畫面呢！」韓宇庭放鬆心情，愉快地將背靠到在椅子上。

「只、只有你在期待而已吧，像個小孩子一樣。」龍羽黑撇過頭去，不過她放在桌上的手指卻像是在彈鋼琴似地活潑跳動著。

「那就這樣說定了喔。」

韓宇庭壓抑著話語裡頭的興奮，然而他的心裡已經開始雀躍起來。

四、龍與我的第一次約會？

「好，讓我來替你們介紹，這位是龍羽黑同學，她的身分不必我再多說了，是龍。然後，龍同學，他們兩位是黎雅心跟吳志豪，是我在班上最要好的朋友。」

「妳好啊，龍同學～」黎雅心笑咪咪地向黑髮少女打招呼。

「嗨，妳可以叫我砲灰就好了。」砲灰則是豪邁地拍了拍自己的胸脯。

「你你你你你們好。」龍羽黑剛開始的時候還是有些結結巴巴，可是她很快地抖擻精神，裝出鎮定自若的樣子，「我是龍羽黑。」

「實際接觸的話，龍同學也不如之前看起來的那樣難以親近嘛，一直喊妳龍同學感覺真是拘謹，我可以叫妳羽黑嗎？」最擅長炒熱氣氛的黎雅心一上來就熱絡地攀談。

「當、當然可以。」

「那我呢，我也可以這樣叫妳嗎？」砲灰指著自己問道。

「嗚！這、這個嘛……」

「哈哈，羽黑不需要那麼慌張啦，是不是砲灰長得太凶惡嚇到妳了？」

「喂，黎雅心妳不要亂說，我這個人最慈眉善目了好嗎！」

「你要是慈眉善目的話，這個世界就沒壞人啦！」

黎雅心和砲灰你一言我一語地鬥著嘴，讓原本緊張的氣氛頓時輕鬆了起來，龍羽黑甚至被他們逗得微微勾起了嘴角，看見這副模樣，也讓韓宇庭感到安心許多。

在韓宇庭的穿針引線和再三保證下，黎雅心與砲灰都表示願意和龍羽黑做朋友，於是今日中午，他們聚在龍羽黑的座位旁一起享用便當。這還是龍羽黑的身旁第一次出現韓宇庭以外的同學。

「好了，吃飯就吃飯，砲灰請你不要把飯粒噴得到處都是。」

「唷！韓宇庭，你居然有本事指責我？那也請你不要在吃飯時間念書好嗎？怎麼啦，又怕考輸我？」

「才不是呢！你別亂說。」韓宇庭回敬道，「你也不想想你那副爛成績，我哪科輸過你了？」

「帥的程度。」

「哈，那怎麼可能？」

「身高！」

「你說什麼？」

「好了好了，你們兩個不要再說這些沒營養的東西，都要被羽黑笑話了。」黎雅心比了比低著頭憋笑的龍羽黑。

「我……我可沒有。」但是她的面容早已忍不住扭曲。

「還有韓宇庭，砲灰說的也沒錯，大家聚在一起聊天，你幹嘛自己一個人看書搞自閉啊？而且不就是你說要讓我們互相認識的嗎？」

黎雅心一邊奚落著他一邊抽出他正在看的書本。

「搞什麼……這不是流行雜誌嗎？你居然開始看這種東西！」

「弟弟呀！」砲灰也跟著幫腔大叫，「怎麼都沒告訴哥哥你什麼時候變得這麼少女心了？」

他的白目行為當然是挨了韓宇庭一記拳頭。

「當然是有需要才會看這種書……」韓宇庭連忙把雜誌搶了回來，黎雅心上揚的嘴角和別有意味的視線讓他臉色通紅。

「我就知道。」黎雅心一副「我早就看穿你了」的神色，「你才不會無緣無故看這種花花綠綠的書呢！讓我猜猜……」

黎雅心的眼珠子轉了一轉，嘿嘿笑著用手肘頂了頂韓宇庭的腰間，「是不是和羽黑有關，你想約她出去？」

「咦？」驚呼出聲的反而是黑髮少女。

韓宇庭苦笑，真是什麼都瞞不過這位好友的眼睛，他點了點頭。

「不過有一點妳說錯了，是我們四個人一起出去，人多一點也比較熱鬧。」

「你是認真的嗎？」黎雅心將目光左右掃過了黑髮少女和好友，然後吐了吐舌頭說，「沒想到這個時代居然還能找到像你這樣清純過了頭的人啊，韓宇庭。」

「什麼意思？」

「不，什麼也沒有。」黎雅心輕鬆地彈了個響指，「言歸正傳，你有什麼計畫了嗎？」

韓宇庭煩惱地說：「龍同學才剛搬來人類世界沒多久，有太多不知道的東西，我想要帶她多多認識人類世界。」

「真虧你設想得這麼周到。」黎雅心稱讚完後卻閉起了一隻眼睛，向韓宇庭做出一個鬼臉，「可是，老實說吧，看這種雜誌去還不如問幾個真正了解市中心的朋友，我想你一定正為了不知道該採用哪個雜誌的推薦行程而傷透腦筋吧！」

「真有妳的，的確是這樣。我本來打算大家一起去市區逛一逛，可是還不知道該去什麼地方好。」韓宇庭抓了抓頭，模樣有些懊惱，「我平時不太喜歡逛街，對於市區內有什麼好玩的東西不是很清楚。」

「因為你假日有空就是去書店、博物館，要不然就是去參加和智慧種族有關的講座或是研習會，對這種事當然不清楚囉。」砲灰說。

「嗚！所以現在只好找你們幫忙啦，拜託！」

「放心，有我在！」黎雅心可靠地拍了拍胸脯，「說到女生假日最愛去逛什麼，那當然就是去服飾店買衣服啦！」

「買衣服？」

「哼哼哼，你別露出那種表情，你們男生是不會理解買新衣服對女生的魅力的！我敢打包票，無論是什麼種族，女人愛美的天性都是無法改變的。」

黎雅心勾住了龍羽黑的手臂，在困惑不已的少女面前對著男生們說，「而且你們看，以羽黑的條件，沒化妝就已經這麼漂亮了，要是再打扮起來，哇哈！那還不迷死一狗票人？我看啊，就連那個叫伊莉莎白的傢伙，也未必贏得了龍同學呢！」

「就、就是說啊，我從來不覺得那隻吸血鬼有什麼地方比我厲害。」一講到伊莉莎白，龍羽黑就像遇見了死對頭一樣，處處都要爭勝。

「既然如此，那我們就去服飾店。」韓宇庭趕快拿出筆記本，用心地抄寫黎雅心的建議。

「我們還可以去遊戲中心走一走。」一提到玩，砲灰興致勃勃，「最近新進了幾臺大型機種，剛好可以讓你們見識見識我的技術。」

「這種浪費生命的提案可以駁回。」黎雅心說，「去看電影怎麼樣？」

「喂！怎麼可以這樣？」

黎雅心不顧砲灰的抗議，繼續說道：「最近剛上映一檔和龍有關的電影喔！」

「跟龍有關？我想去看！」一聽見龍這個字眼，雀躍的龍羽黑好像連眼睛都開始發亮，「呃，不過電影又是什麼？」

「那我們就去看電影吧！」筆記本上的行程再添一筆。

「最後再以這週末辦在鬧區的特別活動作為結束。」韓宇庭指著雜誌上某一頁的特別節目單元說道。

在由漫畫人物與眾多彩色照片集合而成的專欄報導中，刊登了某個電視節目將要舉辦「智慧種族美女選拔賽初選」的比賽訊息，形式則是以擂臺賽為主軸，主打著「眾多不同種族的美女將在大型舞臺上以益智問答決一勝負」這樣稀奇古怪的賣點。

「沒想到在我有生之年居然可以參加這樣子的活動。活動現場一定比看電視、書本更精彩多了。」韓宇庭光是想像就魂不守舍，「到時候一定可以看見許許多多不一樣的智慧種族。」

「誰叫你是個智慧種族迷呢！」黎雅心咂咂嘴說道，「噢不過，你的那個奇怪的過敏體質怎麼辦？被那麼多智慧種族包圍著，萬一不小心碰到了，你難道不會有生命危險嗎？」

「如果是眾多智慧種族美女的話，韓宇庭應該會幸福得升天吧！」砲灰露出了猥褻的笑容。

「關於這件事不用你擔心，我自然有辦法解決。」韓宇庭白了砲灰一眼，「我現在的狀況已經好很多了，不信你看——」

他伸出一根手指，小心翼翼地碰觸龍羽黑的手背。

一點反應也沒有。

「唷～」

「咦？」

兩名好友同時睜大了眼睛，訝異不已。

「還真的一點事也沒有呢！」砲灰一手摸著韓宇庭額頭，一手壓在自己的上面，「沒有發燒。」

「也沒有起疹子。」黎雅心仔細地觀察著韓宇庭的皮膚。

至於顫抖抽搐、大叫暈倒之類的症狀，當然更是沒有出現。

「雖然不知道你是怎麼治好的，不過還真是恭喜你啦！」儘管是名損友，但砲灰是真心為韓宇庭感到高興。

黎雅心卻在一旁小聲低喃：「噢，原來你摸到羽黑也不會過敏啊……我還以為只有我是特別的呢。」

「嗯？」韓宇庭側過頭來望著她。

「沒什麼。」黎雅心揮了揮手，「總之，你沒有問題就好，那就這樣說定了唷！」

黎雅心為今天的午餐聚會下了結論，時間也差不多要進入午休了，大家收拾好各自的便當盒，回到座位上。

「這個週末一定會很好玩的。」韓宇庭對黑髮少女這麼說。

「嗯、嗯！」龍族少女點了點頭。向來裝作不在意任何事的她，如今驕傲的面容中不禁流露出真誠的喜色，沒有注意到自己正愉快地哼起了歌。

韓宇庭暗暗發笑，欣賞著這幅龍羽黑毫無自覺的奇特場景。

還是不要點破她好了——就在這麼想的時候，韓宇庭聽見了宣告午休來臨的鐘聲。

「糟糕，已經午休了，我得把今天收集的回條拿去給老師才行。」

身為副班長的韓宇庭，總是有許多事情要忙——特別是在做事稍嫌粗枝大葉的唐老師班上，更是少了他就不行。

「喔，對喔，你是班長。」龍羽黑感嘆道，「你好忙啊！」

「其實……我的職位是副班長啦。」

「咦，可是大家都喊你班長不是嗎？」龍羽黑睜大了眼睛。

「那個啊……」韓宇庭苦笑著說，「我想大家應該是想要看看這樣子稱呼我，什麼時候會把我和正牌班長搞瘋吧！」

龍羽黑露出了難以理解的神情。

韓宇庭起身，到講臺前整理要帶給唐老師的資料跟簿本，回頭看著龍羽黑慢慢地把頭枕在手臂上，蜷縮著身體不動了。

而那在她嘴角輕柔迴旋的溫柔小調，就像一首美麗的搖籃曲一樣，一直在韓宇庭心頭蕩漾。

「呀，謝謝你，韓宇庭。」

辦公室裡，唐老師果然因為忘記帶回資料而一副慌慌張張的模樣，她剛才一定是因為找不到東西而一顆心七上八下的吧！韓宇庭看了看被她翻得一團凌亂的辦公桌，忍不住苦笑。

「呼～要是少了你，老師真不知道該怎麼辦才好。」有了如此得力的助手，唐老師大概是打從心裡覺得慶幸吧。

「對了，可以再拜託你一件事嗎？這些簿冊原本要交給巫老師，但是老師又忘記了。」

韓宇庭點點頭，「好的，我會儘快送到巫老師手上。」

「那就麻煩你了，不好意思耽擱到你午休的時間。」

「不會，老師再見。」

就這樣，韓宇庭帶著唐老師交付的任務重新出發，目標是位於另一座教學大樓的理科教室。

整趟路程花費不到五分鐘，就在韓宇庭靠近目的地的時候……

「……就是這樣，拜託老師一定要讓我補考。」

熟悉的吸血鬼嗓音隔著一扇門在教室內響起，聽起來有些低聲下氣，韓宇庭連忙停下腳步。

這是……伊莉莎白的聲音？

「呃……周雅婷同學，就算妳這樣說，老師也很為難。」巫老師的話語聲傳來，「老師認為，妳應該更加坦然地面對自己的分數，雖然這次考得不好，下一次再把加勁不就得了？」

「才不能這樣子呢！」伊莉莎白的聲音變得有些尖銳，「本姑娘……我、我可是大家目光聚焦的校園女王，明星是不容許有任何缺點的，特別是在學業成績上，就算這只是一次小考也是一樣。不管怎麼說，我只能讓人看到我最好的一面。」

「周同學，妳有這份堅持的心是很好啦……但老師看了妳的成績，呃……這個，與其拿出符合妳外號的分數，我看妳還是放棄當校園女王比較容易喔！」

「老師！」

「好啦好啦，老師知道了，老師會安排時間讓妳補考的。」巫老師妥協道，「這次的考試分數我暫時先不登記，妳可以放心了。」

「謝謝老師。」

「啊，但是，周同學妳先別急著走，老師有話想問妳。」

「嗯？」

「周同學啊，老師聽說……妳最近跑去找一位傳說是龍的轉學生，是這樣的嗎？」

「是、是啊。」

「原來如此。老師要給妳個忠告，不要再去做這種事了，妳最好少和龍族來往，以免遭遇到意外。」

「這是我個人的事，老師應該無權干涉吧？」伊莉莎白不高興地回應，「更何況，那個龍羽黑也沒有傳聞中可怕，誰知道她是真的龍還是假的龍。」

「不管是真龍還是假龍都一樣。周同學，智慧種族之中不是流傳著一句格言，『千萬不要在龍面前施展魔法』嗎？雖然這幾百年間，龍從人們面前消失了，使得很多沒見過龍的年輕一代忘記了這個道理，可是老祖宗傳下來的訓誡必定有它的意義。周同學，妳不了解自己正在做的事情背後有著什麼樣的風險，趁來得及之前趕快收手吧。」

「我可不同意老師所講的話，老師說的那些道理早就過時了，現在講究的是眼見為憑。說不定一切只是過去的人把龍誇大了，龍並沒有真的那麼強。」

「老師苦口婆心說了這麼多，希望妳能聽得進去。即使是一條幼龍，她所蘊含的魔法潛質也遠勝過一位修練千年的吸血鬼大法師。」

伊莉莎白狐疑道，「老師明明是人類吧，為什麼一副對我們智慧種族十分了解的樣子啊？」

「啊，不，這、這是……」巫老師結結巴巴地回答，「這些是我從書本得來的知識啦，我怎麼可能比善用魔法的智慧種族懂得更多呢，哈哈哈～」

「既然如此，那就請老師不要不懂裝懂。另外，我一定會在所有人面前證明自己比那個龍羽黑……比那條龍更加優秀！在此之前，我絕對不會放棄的。」

說完，教室的門喀噠一聲轉了開來，走避不及的韓宇庭就這樣和伊莉莎白撞個正著。

「呀，搞什麼……」伊莉莎白嚇了一跳，連忙抬頭往上看，「咦，你是那條龍身邊的小跟班？」

「啊，妳好呀，伊莉莎白同學。」

「你一直都在外面偷聽我們說話嗎？」伊莉莎白柳眉倒豎，怒氣沖沖地質問。

「妳、妳誤會了，我也是剛到而已。」韓宇庭解釋，「我是來拿簿冊給巫老師的。」

伊莉莎白瞥了韓宇庭手上的資料一眼，不情不願地放開了手。

「哼！你最好不要騙我，我……本姑娘要回教室午休了。」

伊莉莎白一甩頭，趾高氣昂地離去。

韓宇庭鬆了一口氣，正想踏進教室，就聽見巫老師在講手機。

「是啊，我就說了，事情很不妙嘛，拜託你們趕快多派一點人手，光靠我自己一個人哪應付得來？」巫老師似乎有些不耐煩，咄咄逼人地對著電話那頭說，「你說什麼，你說我是大法……喂！你真的是得了便宜還賣乖耶，又不是你在第一線顧著一條龍！」

「老師？」

「啊，不要叫我老師了啦，我跟你說，現在跟我攀親帶故也沒有用，反正我就是……什麼，你說不是你叫的，那會是誰……啊！」

嚇得魂不附體的巫老師趕快轉過頭來，發現了站在門口的韓宇庭。

「嗚哇！有學生來了，我改天再和你聯絡，再見啦。」

他匆匆忙忙地掛斷手機，韓宇庭還聽見手機裡傳來「喂喂」的急切高喊聲。

「韓同學有什麼事嗎？」巫老師裝得十分鎮定，好像什麼事情都沒發生的樣子，可是仔細一看，他額頭上全是心虛的冷汗。

「唐老師要我把這些簿冊送來給您。」

韓宇庭把簿子一古腦地放在巫老師面前，立刻換來了對方的一臉扭曲。

「嗯，很好，辛苦你了。」他看著這些簿冊的樣子，活像是吞了一千根針般地痛苦。

這些都是還沒有批改過的理化作業，根據韓宇庭的經驗，這些寫得密密麻麻、不留一點空白的簿子，到最後都會以幾乎同等面積的紅字退回學生手裡，據說紅字的每一筆劃，都是感嘆學生根本沒有把上課內容聽進去的老師所流下的血淚。

「沒有什麼事的話就早點回去午休吧，下午還要上課。」巫老師挽起袖子，神色沉重得像是即將趕赴戰場的義士，「至於老師嘛，看來我的午休要就此泡湯了。」

不知為何，韓宇庭居然覺得他有一點可憐，「老師再見。」

他向巫老師道別，離開了教學大樓，回到教室時，午休也差不多結束了。

韓宇庭一坐回自己的座位，午休結束的鐘聲便響了起來。

「唔～啊～」

剛睡醒的龍羽黑抬起頭，睡眼惺忪地坐在位置上發愣。

「早安啊，韓宇庭。」

「噗哧！早安。」韓宇庭有趣地望著黑髮少女，後者的嘴角居然還掛著一絲口水。

「現在幾點了？」

「現在是下午第一節課。」

「唔～是這樣啊，那還可以多睡一會兒。藍哥，早餐做好的時候再叫我。」黑髮少女說完又趴了下去。

「我明白了。」韓宇庭十分自然地回答。

……十分鐘後，龍羽黑再度從桌上爬起，滿臉通紅地用力踹了韓宇庭一腳。

「我跟妳說，我今天午休送東西給巫老師的時候，遇見了伊莉莎白同學。」

正在收拾書包的龍羽黑立刻停下手邊的動作，訝異地注視著身旁說話的少年。

「那隻吸血鬼？她去那裡做什麼？」

「咦，也沒做什麼。」韓宇庭支支吾吾起來。他原本只是想隨便找個話題聊天，沒想到卻脫口而出了龍羽黑最在意的名字，「對不起，就當我沒說吧！」

「這怎麼可能，你最好從實招來。」

在龍羽黑氣勢洶洶的逼視下，韓宇庭連退了好幾步，不得已只好把所見的經過一五一十地說了出來。

「居然有這種事……」龍羽黑得意地哼了兩聲，「想不到她還得接受補考，我就說吧，那隻吸血鬼怎麼可能和我比呢？」

龍羽黑會這麼驕傲，當然是因為早上的同一張小考她及格了——在她的眼裡，這可是和淪落到必須補考的吸血鬼有著天壤之別。

但是人家和我們不一樣，我們是只需要專心於學業的普通科。韓宇庭雖然想這麼告訴她，可是龍羽黑已經以驚人的氣勢抓住了他的手臂。

「我們走！」

「咦，去、去哪裡？」韓宇庭訝異地問道。

「當然是去自然科教室啊！」龍羽黑一副想看好戲的神色，「我真是等不及要看那隻吸血鬼臉上的表情了呢！」

不一會兒，韓宇庭就糊里糊塗地跟著龍羽黑出現在自然科教室門口。

「哈，等她出來我就要好好嘲笑她。」

「龍、龍同學，這樣做不好吧？」

「噓……安靜點，裡面有人。」龍羽黑豎著手指示意韓宇庭噤聲。

教室裡頭傳出了伊莉莎白沮喪的聲音。

「我寫完了。」

「嗯嗯，做得很好唷！妳已經很努力了，現在開心一點吧！」回應她的另一人則是向來與她形影不離的米娜，「現在只要照著巫老師留下來的答案改考卷，我們就能結束補考趕快回家了。」

「唉……萬一又不及格怎麼辦？考這樣的分數，我都不敢讓男生們知道了。」

「怕妳校園女王的名聲會破滅嗎？哈，我早就跟妳說過了，不要太在意這些細枝末節的小事，他們不會因為這樣就不喜歡妳的。」

「米娜妳說得倒簡單，可是我就是會擔心嘛！更何況現在有那條龍，男生們一定覺得她很新鮮，唉，到時候我又要恢復過去那種沒人喜歡的日子。」

「妳在胡說些什麼！妳再這樣自暴自棄的話我可要生氣了唷！」米娜的音量難得地提高起來，「什麼叫做沒人喜歡？從以前到現在，我不是都陪著妳嗎？」

「可、可是，就只有米娜妳……」

「所以，妳是嫌棄我哪裡不好嗎？」

「不、不是的，我當然沒有……」

「乖，伊莉莎白，妳為了扮演好受到大家喜愛的女王角色，總是花比別人更多的心思練習再練習，也付出了無數的努力彌補自己不足的地方，這些事情我全都看在眼裡。」米娜溫柔地說，

「未來的日子還很漫長，妳一定可以遇到和我一樣不是因為妳的外貌，而是認同妳的本質的朋

友。」

「嗯……」

接著教室裡陷入了一陣沉默。

韓宇庭對這忽然陷入寂靜的氛圍感到不安，「龍……」

「安靜。」

龍羽黑打斷他，難得地露出了嚴肅的表情。

「我們回去吧！」

「咦？」沒想到這句話居然是由龍羽黑主動提出。

龍羽黑毅然決然地扭頭朝著出口的方向走，韓宇庭在背後急急忙忙地跟上。

「妳、妳剛剛不是說想要好好嘲笑她一番的嗎？」

龍羽黑瞥了他一眼，「韓宇庭，沒想到你居然有對別人落井下石的低劣興趣。」

「咦、咦？」韓宇庭錯愕得百口莫辯。

「我們偉大的龍族，可不會趁著對手失意喪志時在別人傷口撒鹽，要也只會光明正大地戰勝對方。」

龍羽黑說得頭頭是道，隻字不提就是她把韓宇庭拉到這種地方來的。

「那隻吸血鬼……不，是伊莉莎白，她也是個很努力的傢伙啊！」

「嗯？」

「我有一點對她改觀了呢，我一直以為她只是虛有其表而已，畢竟她無知到敢向龍族挑釁。龍不歧視弱者，也不歧視努力家，雖然她膽大包天向龍挑戰的行為在我等眼中不值一哂，但她為了成為名符其實的校園明星所付出的努力，卻也值得讚賞。」

韓宇庭有些訝異龍羽黑居然會說出這樣氣勢堂堂的話來，但還是有件事讓他覺得很疑惑。

「那個……雖然是這樣講，但是龍同學妳今早的考試分數不也只是低空飛過嗎？」

「你、你……」龍羽黑一時啞口無言。

「難道不是這樣嗎？」韓宇庭小小聲地說。

「你不要小看了我好嗎？」龍羽黑懊惱地跺了跺腳，接著忽然吐出一長串話語，「氫氦鋰鈹硼碳氮……」

「咦，這是什麼？」

韓宇庭訝異地抬起頭來，然而黑髮少女無視著他，只是繼續念著，「……鉉鉑金汞鉈鉛……」

這是化學元素周期表！

龍羽黑行雲流水地把一般人難以記住的一大串名詞全念了出來，一時之間讓韓宇庭看得目瞪口呆。

「……鋟鐨鍆鍩鐒。ACABBA、Na+、三、五……」念完了所有的化學元素，她又把早上考卷中的所有答案一字不漏地背了出來。

若不是用自己的耳朵實際聽見，韓宇庭恐怕不會相信，居然有人能將整整三十幾題的考卷答案一口氣全部說出來！

龍羽黑念完了答案，露出了「你看吧」的得意表情。

「這是……龍同學，妳明明知道答案的不是嗎？」

「我也是到了今天早上才知道要考試，所以沒來得及把考試的範圍念完。」龍羽黑不甘心地說，「這下你明白了嗎，龍的學習能力和其他種族可不在同一個水平。」

「我、我真是佩服。」

「總而言之，每個人都有各自辛苦的地方，除了龍以外，沒有人是完美無缺的。對上伊莉莎白那個傢伙，就算外貌上稍微遜色……不對，我連外貌也沒有輸，更重要的是，我有著比她聰明百倍的腦袋！」

龍羽黑語氣輕快地說道，因為心情放鬆而伸展開來的手腳，也變得像在跳舞一般輕盈。

「哼哼～聰明百倍的腦袋～還有著天賦異稟的魔法～」

龍羽黑邁著輕盈的腳步，先一步地抵達了教學大樓的出口。

「龍的學習能力是最強的——哎唷！」

額頭磕上了厚重玻璃門的龍羽黑，整個人體猛然向後彈開。

「這、這是怎麼回事啊？」她試圖打開眼前的雙夾式玻璃門，「欸，這門是怎麼了，為什麼不會動？」

不管是用拉的、用推的，還是試著從中間扳開，面前的門紋風不動。

「氣死我啦！」

「住、住手啊龍同學，哇啊，不可以在這裡用火球！」

韓宇庭連忙衝上前來制止，然後無奈地伸手按下門板上的壓觸式按鈕。

玻璃門自動地向兩側打開了。

「呃，我不是已經在妳面前開過這扇門好幾次了嗎？」

韓宇庭納悶地看著龍羽黑，他記得黑髮少女每一次都是跟著自己來的啊！

「嗚！」無話可說的幼龍少女臉色一陣青一陣紅，終於忍不住爆發出口，「討厭啦韓宇庭，都是你害的！」

五、龍的第一週假期！

嗶滴滴滴滴滴滴——

嘈雜作響的鬧鐘聲劃破清晨的寂靜。

時間來到星期六的早上，韓宇庭起了個大清早，甚至天還沒亮就從床上跳了起來。

「該死，我居然睡過頭了。」他懊惱地抓著鬧鐘，「已經這麼晚了。」

雖然現在才不過早上四點而已，距離他與龍羽黑約定好的見面時間仍有四個小時之久，可是對緊張到好像胃裡住著一隻毛毛蟲的韓宇庭而言，倒還真是「剩下沒多少時間」了。

他馬上衝進浴室裡，扭開水龍頭，製造出一陣嘩啦啦地響個沒完的水聲，不顧爸爸媽媽房裡傳來的抱怨，兩個小時之後，終於神清氣爽地走了出來。

花了兩個小時徹底把全身上下洗了一遍，鬍子也剃得連一根不剩，此時的韓宇庭乾淨得簡直可以發光。

「還有哪裡沒洗到的嗎？」他懷疑地聞著自己身上的氣味，站在落地鏡前不斷檢視著自己。

「行了行了，再洗下去你連皮都要脫掉了。」爸爸睡眼惺忪地從房裡走了出來，坐到沙發上，伸了一個懶腰然後打開報紙。

「你今天要和女孩子出去嗎？」

「啊，你怎麼知道？」韓宇庭嚇了一跳。

「這個……我該怎麼跟你講。」爸爸一副苦惱萬分的神情，隨即又釋然地笑了起來，「算了，我的兒子終於長大了。」

「時間不夠了，我不快點吃早餐不行。」韓宇庭看了看手表說。

「不急嘛，反正八點才要碰面不是嗎？」爸爸老神在在地說。

「啊，你怎麼連這件事情都知道？」韓宇庭更加地惶恐了，「難道是我昨天晚上不小心說了夢話嗎？」

「你沒有說夢話，而是這種事情過來的人都知道。」爸爸露出了看起來很有經驗的神祕微笑，「不過現在才六點半，先做點早餐來吃吧！」

韓宇庭覺得今天的爸爸特別高深莫測，不過他很快地烤好吐司，和爸爸一同享受愉快的假日早餐。

接下來，刷牙又花了韓宇庭半個小時，爸爸還站在浴室外面很好心地問他要不要用含有芳香劑的漱口水，他頓時感動地覺得有爸爸真好。

七點半不到，韓宇庭已經光鮮亮麗地出現在龍家的門口了。他感覺自己的心臟不斷撲通撲通地跳著……不對，心臟本來就會撲通撲通地跳！哎呀，總而言之就是跳得比平常更厲害。

「有人在嗎？」

沒想到手還沒敲上門板，眼前的門便自動地打開了。

「哎呀，這不是韓宇庭嗎，早啊！」

探出頭來應門的是龍翼藍，韓宇庭有些失望又有些鬆了一口氣。

「早安，翼藍先生。」

「來來來，請進。」

龍翼藍熱情地把韓宇庭請進家中。

一進門，茶香四溢，放在瓦斯爐上烹煮的開水壺發出了咕嘟咕嘟的愉快水聲。

「姐姐和羽黑都還沒起床，你吃過早餐了嗎？」

龍翼藍正忙著張羅早點，韓宇庭看著他在後頭忙碌，很好奇龍到底都吃什麼當早餐。

「我吃過了。」

「這樣啊，說不定我可以把分量做得少一點，也讓你嚐嚐看。不過在此之前，你能幫我把她們兩個叫起來嗎？」

「呃……」韓宇庭猶豫了幾秒鐘，接著爽快地回答了。

不，我沒有別的意思，我只是去叫醒龍同學，絕對不是想趁機偷看她的臥室！恐怕沒有人知道此刻他的心裡是如何天人交戰。

韓宇庭依照指示走向龍鱗銀的房間，就是一樓唯一的臥室。說起來，除了大廳和餐廳，他還沒有去過龍家其他的樓層或房間呢。

等等……他之前就有些納悶，龍……龍到底是怎麼住在這棟一層只有四十多坪的中古別墅裡的？第一天早上看見龍的時候，藍龍的體積就和花園的樹差不多大了。

難道他們一天到晚都維持著人類的型態嗎？

韓宇庭一邊想著一邊打開了門，按照龍翼藍的說法，只要開門進去叫龍鱗銀起床就可以了，無須顧慮什麼。

沒有上鎖的門只要輕輕一轉就能打開，可是接下來，韓宇庭卻一腳踩空，迅速地朝著無底的黑暗中掉了下去。

「哇啊啊啊啊啊——」

啪噗！韓宇庭還以為自己會粉身碎骨，還好他摔到了某樣柔軟的物體上面，接著從那個東西上骨碌碌地滾了下來。

「哎唷！」

韓宇庭搖了搖眼冒金星的腦袋，定神一看，忍不住又大叫出聲。

「哇啊！」

出現在他眼前的是一片足足有一個足球場那麼大的空間，巨大的鐘乳石從房間的頂端懸掛下來，四處都閃爍著美麗晶瑩的銀光。

不過這些銀光的光源是從哪來的呢？韓宇庭轉過了頭，這次連話都說不出來。

一條身長超過二十公尺的巨龍，在房間中央呼呼沉睡。

龍全身上下的鱗片，靜靜地發出了變幻莫測的銀色光芒。

「這……這就是龍鱗銀小姐真正的模樣嗎？」韓宇庭覺得難以置信。

他並不知道，自己就在這一刻成為了四百年來第一位看見龍的真實面貌的凡人。

隨著韓宇庭接二連三的驚呼聲，龍慢慢地睜開了眼皮。

「哈啊～」

嗚啊！

龍打哈欠的時候，韓宇庭看見龍的喉嚨深處放出了熾熱的明亮火光，他還以為自己會被吐火燒死。

銀龍抬起牠巨大的腦袋，很快發現了房裡有了客人。

「我說怎麼會有陌生的氣味，原來是韓宇庭啊。」龍用一副沒睡醒的聲音說。

「龍、龍鱗銀小姐？」

「那是我變身成人類時的名字。」龍魄力十足地開了口，「在你面前的是風之主卡拉阿希特領主銀鱗。」

韓宇庭被龍的威嚴震懾得只能呢喃答話：「銀鱗……」

「嗯～乖。」銀龍恢復了化身為龍鱗銀時那副慵懶幽默的語氣，「是翼藍叫你來的嗎？你來幹嘛？」

「翼藍先生要我來請妳吃早餐。」

「原來如此，吃早餐啊……」龍說完低下頭來，若有所思地盯著韓宇庭看。

韓宇庭愣了兩秒，忽然意識到事態的嚴重性，差點沒嚇得尿褲子。

姐姐跟羽黑都還沒有起床，你吃過早餐了嗎？

那時候，他很好奇龍到底都吃什麼當早餐……

「咿——」

「哈哈哈哈～」韓宇庭的反應引得銀龍大笑出聲，「啊哈哈哈哈，我就是想看你現在這副表情，這招一直都很有效。」牠對著韓宇庭眨眨眼，「放心啦，不會吃你。」

「真、真的不會吃嗎？」

「你的意思是想要我吃嗎？」

「不、不、千萬不要！」韓宇庭馬上縮起身體，膽顫心驚地看著銀龍。

「告訴翼藍我等一下就上去吃飯，你先出去吧！」銀龍說完便吹了一口氣，神奇的氣流捲著韓宇庭朝著巨大的房間出口移動，不一會兒就把他送回了原本所在的一樓走廊。

眼前關上的這一扇木門再普通不過——門上掛了一個牌子，寫著「鱗銀的宮殿」，還有一些亂七八糟的塗鴉。韓宇庭因為方才的神奇體驗，遺留在胸中的衝擊感仍舊那麼強烈。

「那到底是怎麼辦到的……難不成是魔法嗎？」

在屋子裡頭藏著一間比整棟房子都還要寬廣的房間，這已經是用任何一種科學方法都沒辦法解釋的事情了吧！

啊，不過，還有一個人沒有起床。

韓宇庭開始說服自己，他絕對沒有半分邪念，也絕對沒有非常期待看到龍羽黑穿著睡衣的樣子，然後爬上了樓梯。

「龍同學？」

「啊？」樓梯口上方，站在小木門前面的，是剛伸手調整好門上掛牌的龍羽黑，她已經是一副衣著整齊的模樣了。

一開始韓宇庭有些小小地失望，不過當他看清龍羽黑穿在身上的衣服之際，差點跌掉了下巴。

「韓宇庭，你在這裡做什麼？」

「呃，沒有啊，翼藍先生請我喊妳下去吃早餐。」

「藍哥啊……我不就起床了嗎？」龍羽黑有些厭煩地埋怨道，「真是的，我不需要人家叫也可以自己起床啦！」然後瞥了韓宇庭一眼。

「所以，我已經起來了，你還待在這邊幹什麼？我、我的房間沒有什麼好看的！」龍羽黑瞬間漲紅了俏臉，粉拳如雨點般地落在一臉好奇的韓宇庭身上，「快點下去，不要再亂看了。」

「咦，啊！我沒有看啦！妳不要推啊，我會摔下去。」

韓宇庭被龍羽黑粗暴地趕下了樓，只好自個兒走向餐廳。

這時龍家的另外兩人已經各自在餐桌上就位，龍翼藍一邊哼著歌，一邊在每個人的杯子裡倒牛奶；龍鱗銀則是一副深受低血壓所苦的模樣，閉著眼把下巴靠在桌子旁。

韓宇庭朝餐桌瞥了一眼，頓時有些洩氣——只是簡單的美式炒蛋和煎培根。

「不然你以為要吃什麼？」龍鱗銀彷彿看穿了一切，「我其實不介意換換口味喔，你現在馬上跳進鍋子裡去。」

「我才不要。」

「哼！」龍鱗銀用力地戳起培根。

韓宇庭回頭，看見龍羽黑正好走下樓梯，「我今天早餐在外面吃。」她宣布道。

「咦，妳要外出嗎？」

「是。我午餐、晚餐都不會回來。」龍羽黑彷彿覺得說出這番話的自己十分像個小大人。

「韓宇庭同學，我們走吧！」

龍鱗銀噗的一聲吐出嘴裡的炒蛋碎塊。

「銀姐好髒。」龍羽黑皺起眉頭。

「慢著，妳要和這小子出去？」哭喪著一張臉的銀髮女子手忙腳亂地打翻了湯匙，「小黑～小黑，姐姐沒聽妳說交了男朋友啊！」

「才不是男朋友。」龍羽黑微怒地說，「我們只是作為普通的朋友一起出去而已。」

「不～姐姐沒聽說過這種事！一旦男生和女生一起出門，最後一定會發生某種邪惡的事。小黑，現在交男朋友還太早了啦，還有這個矮冬瓜、三寸丁絕對不行！小黑一輩子和姐姐在一起就好了吧！」

「銀姐吵死了，還有妳講話太過分了，居然取笑別人的身高。」龍羽黑雙手扠腰，重重地說道，「妳再這樣對我朋友不禮貌，我就一輩子都不和妳說話。」

龍羽黑刻意地加重了「朋友」這兩個字，使得韓宇庭大受感動。

相反地，龍鱗銀卻是大受打擊。

「不！」

過了幾秒鐘後，銀髮女子被妹妹討厭的滿腔悲憤化為了熊熊烈火。

「嗚哇，我不能允許，我要變成龍把這座城市燒掉！」

「姐姐，妳冷靜一點。」龍翼藍趕快拉住即將暴走的龍鱗銀，同時對著他們努努嘴，「好了，快點去吧！」

「放手，放開我！可惡的韓宇庭，我真後悔今天早上沒有在你身上咬出幾個透明窟窿，現在還不算太晚，你給我過來！」

「不要聽她胡言亂語了，我們走！」

龍羽黑拉著韓宇庭的手迅速離開。

「還要多久啊，韓宇庭？我、我快呼吸不過來了。」

「再等一下下就好，這次妳可得牢牢跟緊我，不要坐過站了。」

「我、我想要下車……」

「不行啦，龍同學，那個按鈕不能夠亂按……哇啊啊，對不起！」韓宇庭像個不會照顧小嬰兒的新手媽媽一樣，在車上造成了一陣騷動。

「我想要用魔法飛……」

「龍同學，是妳自己說要克服搭公車的恐懼症，所以我們才沒有叫計程車的。總之，妳先忍耐一下，這也是為了以後的上學著想啊！」

「嗯，嗯！」龍羽黑艱困地點了點頭。

他們正在一輛行駛於市區幹道的公車上，擠滿了前往鬧區觀光遊玩的市民，龍羽黑似乎有些喘不過氣，拚命地抓緊韓宇庭的手，一副深怕走丟的樣子，每次公車因轉彎而搖晃的時候，她就會大叫一聲。

費了九牛二虎之力，他們總算平平安安地下了公車，抵達目的地。

「怎麼樣，很簡單吧，就是先刷卡，然後再……龍同學？」

「呼……呼……」龍羽黑費力地舉起一隻手，連話都沒辦法好好說。

「對不起，妳覺得很累嗎？」

龍羽黑逞強地搖搖頭，韓宇庭陪著她在站牌處休息了好一陣子，黑髮少女總算稍微恢復了一點血色。

「嗯，我總算會坐公車了！」

雖然算不上什麼豐功偉業，但是她的語氣聽起來有些自豪。

韓宇庭微微笑了起來，「大多數智慧種族一開始來到人類世界時也是這樣，妳慢慢適應，總有一天會習慣的。」

人類世界的科技一日千里，雖然帶來了快捷便利，然而要學習也不是件容易的事。根據調查，絕大多數的智慧種族搬遷到人類世界以後，至少要花半年才能習慣各種新穎的工具，以及人類社會的緊湊節奏。

不過韓宇庭相信，對龍而言，這不會是太大的挑戰。

兩人往市中心前進，一路上，漫步過一處綠意盎然的小公園，也漫步過門庭若市的百貨大樓，一輛輛巴士接連開過他們面前，路上有著非常多的行人，個個行色匆匆。

走著走著，原本成排的低矮平房漸漸消失，換上了櫛比鱗次的華廈高樓。人們的衣著也慢慢改變，男人西裝筆挺，女人豔麗萬分，年輕人則是穿上洋溢青春氣息的新潮服飾，種類之多，一時目不暇給。

「這裡人好多喔。」

「因為這裡是雲景市內最繁華的鬧區，百貨公司、服飾店，還有很多知名的店鋪……全都開在這裡。假日的時候，年輕人都會呼朋引伴一起來玩。」

龍羽黑似乎對這車水馬龍的景象有些不太適應，下意識地緊挨著韓宇庭，「我總覺得大家都在看我。」

儘管她對伊莉莎白大受歡迎而感到吃味不已，然而一旦受到眾人注目，她又顯得比任何人都還要緊張。

「不用放在心上，大家對長得可愛的女生多看一眼也是很正常的。」

「我、我這樣穿是不是很奇怪？」

「不會啊，妳這樣穿很正常。」

雖然這麼說，不過龍羽黑的穿著卻是一套名為「古典連身裙」的衣裝，光從它使用了「古典」這個名字便不難想像，這套衣服究竟是流行在什麼樣的年代。總而言之，龍羽黑現在的模樣和「時髦」兩個字可說是差了十萬八千里。

韓宇庭不禁感嘆，龍的穿衣品味大概只會得到中世紀的貴婦人、專門做衣著考究的歷史學家，以及奇幻小說家的讚賞吧。

韓宇庭確實也注意到了行人紛紛向龍羽黑投來視線，他並不曉得這都是古典連身裙的功勞，反而產生了誤解。

嗚！難道是因為她長得太可愛了嗎？

總之，韓宇庭生出一股不希望龍羽黑繼續暴露在大眾視線之下的想法，匆忙加快了腳步。

「這裡，我們到了。」

龍羽黑順著韓宇庭的手指抬起頭，念出看板上醒目的廣告字體。

「……服飾廣場？是做什麼的？」

「噢！不好意思，忘記妳是第一次進入人類的市區。這裡是賣衣服的地方，雖然不是什麼大商場，但是種類齊全又便宜，我也常常在這裡買衣服。最重要的是，這裡有賣各個智慧種族的傳統服飾或專屬服裝唷！」

韓宇庭指了指面向街道的櫥窗，裡頭擺放著身穿最新款服飾的展示人偶，也有不少並非做成人類的樣子——人馬、妖精、矮人等等應有盡有。許多智慧種族的體型和人類相去甚遠，如果不在特別的店舖，很難買到適合的衣服。

韓宇庭陪著忐忑不安的龍羽黑走進店內，隨即有店員跑過來招呼。

「歡迎光臨，兩位要找什麼類型的衣服呢？」

「啊，我們隨便看看就可以了。」

「是嗎？要不要為您介紹我們店內最新款的商品，這套情侶裝現在很熱賣唷！」

「情情情情……情侶裝？」韓宇庭和龍羽黑同時失聲大叫。

「我們不是情侶啦，妳誤會了，對了，請告訴我們適合智慧種族的衣服是在哪一區吧！」

看著手足無措地搖著頭的韓宇庭，女店員露出了被逗笑了的快樂神色，「噗，那真是不好意思，智慧種族的衣服都在店內二樓，你們之中有哪一位是智慧種族嗎？」

韓宇庭指了指身旁的少女。

「需要為您介紹嗎？請問您是哪一個種族呢？」

「龍。」

「什麼……不好意思我沒聽清楚，請您再說一次好嗎？」

瞬間，韓宇庭看見女店員的額頭上凝聚了豆大的汗。

「龍。」

「原來如此，是龍……族嗎？」女店員的平靜面容只維持了不到三秒，隨即驚訝不已地瞪大眼睛，「妳是說龍族？別開玩笑了，怎麼可能會有龍……咿呀——」

龍羽黑背後突然張開了一對黑色翅膀與充滿倒刺的尾巴，在看見眼前的黑髮少女突然變成一頭口吐火焰的龍之後，女店員發出了淒厲的尖叫，頭也不回地逃走了。

「哼！」

從韓宇庭的角度看過去，這些翅膀和尾巴全是透明的，也就是說，這只不過是魔法幻覺而已。

「我的身上戴著藍哥給我的力量抑制寶石，才不能想變身就變身呢！」

「龍同學，妳為什麼要這樣捉弄她啊？」

「誰、誰叫她說我們兩個是情侶……嗚！」

韓宇庭覺得心裡好像被針刺了一下，「也許人家只是口誤而已。」

「你被別人誤解，不生氣就算了，居然還幫她說話？你們人類真是難以理解。」

龍羽黑微怒地大步往前走，韓宇庭匆忙跟上。

「話說回來，剛剛那是……」

「你不要誤會了，剛才那些影像純粹只是幻術，那個女人心裡認為的龍大概就是長那樣，我只是把它引發出來。我真正的模樣才不是那樣呢！」

說著說著，他們來到了二樓，這裡有千奇百怪的衣服類型，有適合各個智慧種族的衣物，也有許多適合人類穿著的，就連龍羽黑此時也因為眼前的景象而看呆了。

「哇喔……」

色彩繽紛、五花八門的衣物懸掛在不同的衣架上，分門別類地排成了好幾排，一望過去，視野好像被無數種顏色占領了。

「這裡……簡直就是衣服的迷宮啊！」龍羽黑訥訥地眨著眼睛，「難不成這是哪位國王專門放衣服的宮殿？」

「不不不，這裡只是普通的服飾店而已，而且以人類的基準來說還不算大，只是間很小的店鋪。」

「真的嗎？這些衣服簡直比我知道的某些龍族的收藏品還要多了呀！」

「我只聽說龍很喜歡收集財寶，也會收藏衣服嗎？」

「唔……龍喜歡那些鑲嵌了寶石或是珍貴絲線的衣服，不論是什麼種族製造的都喜歡，不過服飾在收藏之中占的比例很小，因為龍平時不穿衣服……」

忽然，龍羽黑說到一半就打住了，又羞又氣的她馬上瞪向韓宇庭。

早就滿臉通紅的韓宇庭連忙搖手，「我不是故意要試探這種問題的。」

「變態！」

哎唷！韓宇庭被狠狠地踩了一腳。

龍羽黑不管他痛得抓住腳跳來跳去，自己一頭鑽進了衣服的寶山之中。

「龍同學？龍同學？」

身陷這處衣物的森林裡，韓宇庭滿目是繽紛亮麗的服飾，根本找不到人，「妳在哪裡，龍同學？」

忽然，一隻手強硬地把他拉進了由好幾列衣架組成的衣物要塞裡面。

「龍同學，妳這……呃！」

韓宇庭差點沒被自己的口水給嗆到，震驚萬分的他，此刻就像雕像一樣動也不能動。

「怎……怎麼樣？」稍微偏過了頭，有些害臊的龍羽黑微微噘起了小嘴問道。

此刻她的頭上戴了一頂寬大的草編帽，身上穿著純白的連身洋裝，腳下則是綴著一朵向日葵的淺褐皮革涼鞋，充滿了夏日風情的海洋氣息。

「很、很好看！」韓宇庭說不出話來，只能拚命點頭。

「是嗎，那就好！」龍羽黑笑逐顏開，「這裡還有好多衣服喔！你等我一下！」說完她又躲進了更衣間。

韓宇庭看著擺在更衣間前面檯子上那猶如一座小山般的衣服，不由得驚訝地心想，才過沒幾分鐘的時間，她是從哪兒搜刮到這麼多衣服的啊？

更衣間的門再次打開，髮髻網、編帶與黑色長禮服，時光彷彿倒流轉換，頭腳分別佩飾珠彩皇冠與金邊涼鞋的龍羽黑，看起來彷彿自宮廷畫作中信步走出。

「好優雅的感覺！龍同學的眼光真不錯。」

龍羽黑有點小小地得意，「我還找了其他衣服喔！」

不到兩分鐘後，又是一次讓韓宇庭驚豔萬分的服裝展演，綠色三角帽、迷彩制服，以及用皮帶繫住的野戰長褲，再加上厚底皮鞋，襯托出颯爽的氣息。

「這是做什麼用的啊？」龍羽黑不解地把玩著當作配件的玩具手槍。

「這只是複製品，沒有實際作用。」對於龍族而言，學習手槍可能還不如使用魔法吧！但是更讓韓宇庭感到在意的是，這間到底是服飾店還是 cosplay 中心？他記得以前來店裡時沒有這麼多花樣的啊！

「好了，看看下一件吧！」

無論如何，試穿更多衣服永遠是不會讓女性厭煩的活動，這似乎是種超越種族的本能。

這次，細肩吊帶的小可愛搭配熱褲，過膝黑長襪與帆布鞋襯托出輕快活潑的街頭氣息，令人眼睛為之一亮。

「啊！啊！這件也很好看。」韓宇庭的眼光一直沒辦法離開那裸露的小蠻腰。

「不過，好像露太多了。」龍羽黑一點也不滿意地說道，「我再去換一套好了。」

「等等，龍同學妳別忘記了，這趟來是要替妳找尋一套適合的衣服。」

「咦……剛剛看路上，這套好像是最多人穿的。」

「是的。」韓宇庭點點頭。

姑且不論這裡是不是海邊，已經屆臨秋季的此刻不再適合夏日裝扮出場，至於黑色長禮服則是幾百年前的流行了，最後是迷彩服……除了少數頗好此道的人之外，恐怕並不是普通人會穿在路上走的選擇。

「可是，這件……」會露出肚子的小可愛和熱褲，龍羽黑也許有勇氣穿在服飾店裡，可是未必有勇氣穿到街上。

韓宇庭看著龍羽黑的腿、手和腰，開始天人交戰。

「……果然還是換掉吧。」

片刻之後，龍羽黑穿著黑色外套、寬鬆的白色T恤、七分牛仔褲及帆布鞋走向樓下櫃檯，準備結帳。

「為什麼不讓我拿那些鑲了寶石的衣服回去穿呢？」手上提了好幾紙袋衣服的黑髮少女，仍舊念念不忘那些被忍痛割捨掉的衣服。

「……那些很貴的，對於龍族喜歡收集寶石的習性，就麻煩妳稍微節制一下吧。」韓宇庭無可奈何地回答。

買完衣服，他們從店舖走了出來，前往約定好的集合地點。

「為什麼妳不和我們一起去買衣服呢，這件事情不是妳最先提起的嗎？」

這是昨天凌晨，韓宇庭和黎雅心所通的電話。

「有妳在的話，也比較容易挑選適合龍同學的衣服吧！」

向來對於時尚潮流毫不關注的韓宇庭，十分擔心自己能不能順利完成「替龍羽黑選擇好看衣服」的任務，因此打電話向好友求救，然而黎雅心卻提出了要他先和龍羽黑一起買完衣服再會合的方案。

電話那頭傳來了黎雅心嘲弄的聲音。

「噢，少來了，韓宇庭，你要對自己有自信一點。」黎雅心吃吃地笑著，「總而言之，我有哪一次騙過你嗎？相信我就對了，你和她，就兩個人，一起去那間服飾店。」

不死心的韓宇庭依舊試圖勸說黎雅心，然而對方卻以不容分說的語氣結束了對話。

儘管直到現在為止，韓宇庭仍舊不敢完全相信自己做出了正確的判斷，但至少因為黎雅心的堅持，他成了第一位看見龍羽黑新造型的人。

六、龍、智慧種族、美少女

走在街上，向黑髮少女投來的目光並未減少，然而龍羽黑已經不像先前那樣缺乏自信。一旦她穿起了和街上少女相去無幾的衣服款式後，行人們落在她身上的視線再也不是嘲弄著「怎麼會有人穿那麼奇怪的衣服」，而是貨真價實地為了她的美貌而發出讚嘆。

「呼呼～」龍羽黑抬頭挺胸，不禁流露出得意的神色，「看啊，每個人走過去都好像在偷看我呢。」

對於路上的那些女子而言，龍羽黑的美貌在一瞬間便奪去了身旁男伴的注意力。不過此時的韓宇庭，沒有回應龍羽黑的沾沾自喜，甚至也沒有注意。

又出現了，這種強烈的感覺。他按著太陽穴，檢視著身體所感受到的這股異常。

說不上來是什麼樣的感覺，既不是痛苦，也並非難受，韓宇庭只是覺得身體內有某樣「感官」變得更為敏銳。

他可以感覺到這條長長的街道中，有某些個體比其他人具有更強烈的「存在感」，他們就像一顆顆發光的珠子，貫串在名為人潮的彩帶上。

韓宇庭注意著那些特別顯眼的人，有精靈、次天使、翼魔、妖狐族……清一色都是智慧種族。

他們之間究竟有什麼關聯呢？韓宇庭感到十分困惑，這些人和他僅僅是萍水相逢，甚至彼此連看都不看一眼。他感覺不出他們的惡意、善意，什麼都感覺不到。

可是最大也最讓韓宇庭覺得無法忽視的存在，其實就在他的身旁——這名高高興興地享受著眾人欣羨注視的龍族少女。

她壓倒性的存在感遠遠勝過這街上的所有人，彷彿就像太陽之於星辰。

「欸，韓宇庭，你有在聽我講話嗎？」龍羽黑對韓宇庭的默不作聲感到不耐起來，「我說大家好像都在注意我耶，你覺得是為什麼呢？」

「龍同學，因為妳這樣穿確實很好看。」韓宇庭看著龍羽黑的打扮，稱讚道，「我想也許我沒有看過比妳更漂亮的女生了。」

「嗚！你、你在說什麼呀！」

不知為何，韓宇庭直率的讚美居然令龍羽黑手足無措了起來。她低著頭不斷地看著自己的腳下，差點就從變成紅燈的十字路口衝出去了。

「龍同學，小心點！」韓宇庭連忙把她拉過來，阻止了可能釀成的交通事故，「走路要看前方啊，妳剛剛那樣很危險的。」

「還、還不都是你害的！」

「咦咦？」

平白無故挨了一記輕捶的韓宇庭百口莫辯地張大了嘴巴，龍羽黑則是一副氣鼓鼓的模樣。

隨著龍羽黑的情緒逐漸平復，韓宇庭也沒有空注意到他那敏銳的感應力在不知不覺中消逝。

就在這時，他們聽見了遠遠地有人大喊他們的名字。

「韓宇庭、龍羽黑！」

「啊，她來了。」

龍羽黑順著韓宇庭的視線望去，「咦？」

「嗨，韓宇庭，喔～羽黑，早安啊！」

十字路口對面，正興高采烈地向他們招手趕來的，正是韓宇庭最好的朋友黎雅心。

黎雅心戴著一頂鴨舌帽，藍色的單寧夾克搭配牛仔褲，一副中性十足的打扮。

「我遲到啦，哈哈，早上有點事情所以現在才來。」黎雅心隨口說著隨意編造的理由，「你們剛才逛了哪些地方啊？」

「我們去買了新衣服。」龍羽黑展示著戰利品。

「喔～好看。以黑色為主體的穿著十分適合羽黑呢，妳真有眼光。」黎雅心眨眨眼，露出讚賞的眼神，「所以說，年輕的女孩子不學著好好打扮自己怎麼行呢？放心吧，妳現在比那個不知道打哪來的吸血鬼女孩吸睛好幾倍呢！」

她豎起大拇指，信誓旦旦地說道。

「哈，妳太過獎了。」龍羽黑高興地說，「不過我有自信不輸給伊莉莎白。話說回來，你們人類製造的衣服品質真是好得不得了啊，而且模樣又很好看。」

「對吧對吧，人類雖然在歷史上總是打來打去，又會污染環境，但也會做出幾件好事的。」黎雅心嘻嘻笑著，「話說回來，砲灰人呢？」

「他說他放假想睡覺，所以不來了。」韓宇庭不以為然地說道，「我有告訴他我們今天要去哪裡玩。」

「是噢，原來如此，那我們走吧！」黎雅心一派輕鬆地彈了個響指。

龍羽黑遲疑地說道：「不需要等砲灰……吳志豪同學嗎？」

「幹嘛等他？他恐怕已經在電影院前不耐煩地等著我們了！」

「咦，他不是說他不會來嗎？」

「他只是說說而已，說出這種話的人最後必定都會出現。」韓宇庭說。

「嗚！這是怎麼一回事，好難理解。」龍羽黑一副腦袋快要爆炸的神色。

「呵呵，這就叫做傲嬌啦！」黎雅心愉快地拍了拍龍羽黑的肩膀，「不用擔心，妳也有這份潛力。」

「咦？」龍羽黑訝異地看著她，不過鴨舌帽女孩只是回給了她一個意味深長的微笑。

來到電影院入口，砲灰果然就站在那，還露出一副不耐煩的神色。

「你們讓我等好久喔。」他一開口就抱怨，「電影都快開始了！」

「喔，你不是說不會來嗎？」黎雅心故意取笑他。

「怕你們因為想我而寂寞啊！」

「哇喔，吳志豪，認識你這麼久，我都不知道你有寫科幻小說的天賦咧！」

「少在那邊說瞎話了。」砲灰翻了翻白眼，「今天要看什麼？」

「問得好，最近上映的有戰爭片、愛情片，也有動作片。」黎雅心挑了挑陳列在電影院門口的海報，「不過，今天應該要看這部吧！」

她指了指貼在海報最上方的那張奇幻史詩片宣傳圖。

巨龍昂首而立，氣勢萬鈞，底下的騎士和公主面露驚恐神色，彷彿在偉大強悍的龍面前，人類如同草芥般渺小。整幅圖畫將氣氛演繹得非常傳神。

韓宇庭點頭同意，「這部電影是由某本暢銷小說改編，原著非常好看唷！」

不過這都不是他們選擇這部電影的原因。

龍羽黑望著海報上栩栩如生的龍，雙眼簡直在閃閃發光。

「我、我要看這部片！」

「當然好。」

「可以呀！」

韓宇庭和黎雅心分別回答。

「我——沒意見。」最後開口的砲灰則是把手背在腦袋後，朗聲下了個結論。

「嗚啊！」

「那個，龍同學，請妳不要忽然怪叫。」

「可、可是，突然關燈了……」

「看電影都是要關燈的。放心啦，不會有什麼恐怖的東西。」

「我、我才不是害怕咧！我、我只是稍微不小心嚇了一跳而已。」

「……是嗎，好吧！」

「嗚哇！」

「這次又怎麼啦！」

「怎、怎麼突然有光線跑出來了？好刺眼、聲音好大！」

「這就是所謂的『電影』啊，習慣就好了。」

「……嗚哇！」

當他們從散場的影廳走出來時，早已心力交瘁……

嚴格說起來，只有韓宇庭感到疲憊不堪，因為黎雅心一副看到了好戲的模樣，正走在他的後面嘻笑不已，而砲灰……砲灰則是睡了一場好覺般地炯炯有神。

因為是奇幻史詩片，內容當然少不了懸疑、驚悚的要素，也有戰鬥場景，每當出現充滿懸念的氣氛時，龍羽黑便會情不自禁地大叫，韓宇庭感覺好像全廳的觀眾都朝他怒目而視，令他尷尬得恨不得找個地洞鑽進去。

不過……

「雖然電影內容中確實有可怕的場景，可是龍同學妳為什麼連看到龍都要大叫？」

「因、因為很可怕嘛！」

「……妳自己不就是龍嗎？」

「啊，咦？」龍羽黑眨了眨眼，「可是我沒有那麼可怕。」

聽到了這樣的答案，韓宇庭啼笑皆非。

「那……怎麼樣，電影好看嗎？」

「唔～」龍羽黑嘟起了嘴，有些生氣地說道，「真是的，想不到人類對龍居然是這樣子想的——會吃人、吐火，心地又邪惡。難道人類覺得龍是一種可惡的生物嗎？」

「這只是一種文學上的偏見而已，妳不要放在心上。」

「我要向原作者提出嚴正的抗議，他根本沒有見過真正的龍，怎麼可以憑猜測就這樣亂寫？」

「這個……原作者恐怕已經死去好幾百年了吧。」韓宇庭露出了苦笑。說起來，就算原作者看見了真正的龍，也難保他就會對龍改觀吧……韓宇庭見識過龍鱗銀的真面目，然而他對龍的想法也是與古時候的作家相去不遠。

會不會這位作家其實也見過龍呢？這樣的小疑問雖然在他心中升起，不過也只能算是看完了電影後的一種點綴吧！

四人一邊走一邊愉快地聊著天，不知不覺來到了一條人聲鼎沸的街道，兩側的百貨公司群聚成一排，猶如兩列巨大無匹的山脈，人們則在其間的谷地中摩肩擦踵地行走，街上有許多小販賣著香氣四溢的點心和零食。

為了讓還在為電影情節耿耿於懷的龍羽黑消氣，韓宇庭買了幾樣可口的食物作為賠禮，他們一邊吃一邊走，沿途欣賞街頭藝人的表演。

「今天是怎麼了，比平時還要熱鬧很多耶。」

人行道到了這裡就無法再繼續前進了，前方黑壓壓地擠成了一團，嘈雜的人聲和背景音樂混雜在一塊，使得他們就連彼此交談也得提高不少音量。

「砲灰先生，敢問你的腦容量有比茶杯大嗎？」黎雅心沒好氣地說道，「前幾天就告訴過你啦，今天這裡有電視節目舉辦活動啊，當然人山人海了！」

黎雅心所說的，當然就是智慧種族美少女選拔賽，這也是韓宇庭念念不忘要來這裡的理由。

「嗚哇！」見到眼前的場景，一向性情溫和的韓宇庭也不禁高喊了起來，興奮地往前衝。

龍羽黑被他突然的變化嚇了一跳，「韓宇庭？」

「真是的，這個智慧種族迷……」黎雅心嘖了嘖嘴。

在韓宇庭面前的，超過一半以上都是型態各異的智慧種族，他再也抑制不住，彷彿初入遊樂園的小孩子般，眼裡露出了燦爛的光彩。

近年來，隨著智慧種族不斷遷入，許多相關的節目趁勢興起，由於人們對他們的好奇與不了解，這類的節目總是能得到不錯的收視率，電視公司也樂得擴大規模，像這類的益智問題擂臺賽，則是今年最熱門的節目。

智慧種族美少女選拔賽，這個節目最大的賣點便是邀請智慧種族的美少女作為來賓，向她們提問人類的歷史、常識，由於邀請的對象通常剛遷入這個世界不久，因此時常出現令人噴飯的答案。節目的評價頗為兩極，有人認為很好笑，也有人覺得這單純只是以歧視智慧種族為樂。

不過對韓宇庭來說，這都不是重要的事，反正他平常很少在看電視節目，他的注意力完全被路上的智慧種族吸引住了。

身為智慧種族迷，可是卻有著會對智慧種族過敏的體質，這對韓宇庭來說真是一件比死還難受的事。而現在，能夠像這樣超近距離地觀察著智慧種族，甚至和他們交流接觸，簡直就像是夢境一樣。

「嗚喔，是人馬！」

一對人馬夫妻牽著他們的小朋友經過，韓宇庭感動萬分地發出了讚嘆。

即使是在雲景高中裡也看不到人馬，這個人數稀少的種族更喜歡平原廣大的地區，而不是島國。

他們遠比書中所敘述的還要高大挺拔，而且姿態優雅。像馬一樣的下半身豐腴有力，據說全力奔跑時的速度甚至能媲美獵豹；人型態的上半身則是無論男女都擁有著剛毅果斷的神色，立體的五官就像古羅馬人那樣俊美有型。

「……還有矮人！」

身高只有普通人類一半高的矮人族，有著近乎人類兩倍寬闊的肩膀，韓宇庭在這裡見到的是很少被書本提及的矮人女性——時代變了，傳統男主外女主內的矮人族現在不得不開始順應人類世界的文化，女性再也不必躲在地洞裡打掃煮飯，而可以大大方方地出外行走。

矮人族的女生雖然一樣肩膀寬闊，容貌卻和人類沒什麼兩樣，這個種族神奇的地方在於以他們奇特的身材比例，卻一點也不會令人覺得臃腫，反而還能感受到他們特殊的敏捷。

由於矮人族的男性只要過了青春期就會長出茂密濃盛的鬍子，因此韓宇庭實在分不出騎樓底下的大鬍子矮人和他身旁的矮人少女，究竟是父女還是情侶關係。

其他像是身材修長、面容猶如模特兒般姣好的精靈，長著貓耳朵的貓人族和直立行走的人貓（這兩族彼此之間是一見面就會瘋狂鬥嘴的世仇），有著美麗的反光鱗甲和優雅的外形、行為舉止高雅有禮的波特塔蜥蜴人，還有長得和米娜一模一樣的狼人少女……種類之多簡直無法一一細數。

「這、這裡真、真是太棒了！」韓宇庭感動得連話都說得斷斷續續。

砲灰則是模仿韓宇庭的語氣扭扭捏捏地呻吟。

「這裡真是太棒惹～」

由於節目即將開始，他們只能在人潮的邊緣勉強占個位置。

咻咻咻——沒過多久，令人眼花撩亂的燈光從舞臺兩側射出，打上天空，乾冰如噴泉一樣湧出，接著主持人就在底下觀眾熱烈的鼓掌聲中登場。

「歡迎大家參加本次智慧種族美少女選拔賽的外景預選，今天的重頭戲即是從眾多挑戰者中決定誰是真正兼具美貌與知識的智慧種族美少女代表，冠軍將得到上節目挑戰百萬大賞的資格！」

不愧是當紅主持人，甫登場便將底下的氣氛完全炒熱，一波波海浪般的歡呼聲簡直一次比一次亢奮。

「我們節目的外景預選賽最大的特色就是，所有的參賽者都是現場觀眾直接報名的，也就是說，現在正站在底下的妳——不要懷疑，妳也有機會一躍枝頭成為明日的大明星！」

主持人手指著底下觀眾，好像真的在對每一位少女講話。

喔喔，原來還有這樣的規則！韓宇庭環顧四周，難怪放眼望去確實有很多智慧種族的少女在這呢，大家都想要趁此良機麻雀變鳳凰。

「剛才我們的工作人員已經將本次報名的名單交上來了，讓我們掌聲歡迎這些勇敢的智慧種族美少女們，請妳們上臺吧！」

現場的氣氛在主持人的推波助瀾下邁向了高潮，韓宇庭他們也不吝於為參賽者送上熱烈的掌聲，可是他們的手才拍到一半，便紛紛因為止不住的訝異而停了下來。

「喂，那個不是……」

他們面面相覷，砲灰甚至揉了揉自己的眼睛。

「那個不是伊莉莎白嗎？」

站在十名參賽者中間顯得特別矮小的那位金髮少女，赫然正是雲景高中最知名的吸血鬼校園女王。

七、擒龍陷阱

「我一定會奪得冠軍的！」

伊莉莎白發出了氣勢雄渾的宣言，搶在所有參賽者就定位之前便牢牢吸引住了底下眾人的目光。

「喔喔，這位參賽者真是有氣魄，妳叫做什麼名字呢？」

伊莉莎白毫不畏怯地面對麥克風，「我叫做伊莉莎白，現在就讀市立雲景高中。今天我將會獲得勝利，並且讓全國的觀眾都記得我的名字！」

「這個笨吸血鬼，還沒開始比賽就到處樹敵啊？」

龍羽黑在底下喃喃道，然而儘管說出來的內容是抱怨，卻是有些無可奈何的語氣。

龍族少女雙手抱胸，兩眼緊盯著臺上的宿敵。

「那麼，第一回合的比賽即將開始，這個階段將以益智問答讓大家搶分，答題時間到後請各位亮出手中的寫字板，如果答案正確就可以拿到分數。」

臺上的伊莉莎白聚精會神地聽取主持人的說明。

益智問答比賽向來是這個節目的主軸，其實無可厚非，雖然節目打著「尋找兼具美貌與知識的智慧種族美少女」的口號，可是第一項條件卻十分難以完成。

智慧種族少說有上百個種族，彼此之間往往具有極大的外形差異，當然也產生了標準懸殊的評定美感方式。例如說人貓長得就像直立站起來的貓，和身材高䠷、五官端正的精靈根本不能夠比較。

既然無法一口咬定長得比較像人類的次天使族一定比渾身鱗片的蜥蜴人更加美麗，於是製作單位不在參賽者的外貌上做文章，一律以好話稱讚她們美若天仙，重頭戲都在接下來的比賽上面。

看著參賽者個個摩拳擦掌，韓宇庭也感受到了瀰漫在現場的緊張氣氛。

「我們要為伊莉莎白加油嗎？」

「咦，你這話是什麼意思？」韓宇庭不解地看著突然問起的砲灰。

「你們想一想，這個叫做伊莉莎白的吸血鬼，不是和龍同學有一點不愉快嗎？從這點來想，當然是希望看到她出糗。可是另一方面，她又代表了我們雲景高中，身為同學應該支持她比較好吧！」

韓宇庭恍然大悟，同時也不禁為了此事的矛盾而不知所措地咬緊了嘴唇。

就在這時候，龍羽黑開了口，「這還用問嗎？當然要支持她。」

「咦？」

「我還沒有心胸狹隘到這種程度，個人的私怨暫時放一邊無所謂，為了學校的榮譽，我可以為這隻吸血鬼加油。」

「好。」韓宇庭點點頭，「那我們就一起為伊莉莎白同學加油吧！」

他的心裡隱約明白，龍羽黑絕對不是為了什麼學校的榮譽而支持她的對手，而是在她的心目中，已經慢慢開始認同伊莉莎白了。

「大家都準備好了嗎？」主持人說。

臺上的每個人都已就定位。

主持人環顧了四周，接著神祕地笑著說道：「請各位努力把握機會，拚命爭取分數吧！假如分數不夠高的話，也許就沒辦法參加接下來的第二回合比賽囉！」

所有參賽者的眼裡都露出了必勝的光芒。

「第一題：本國位處亞熱帶，國內作物種類繁多，素有水果王國的美譽，請問以下選項哪種牛不屬於哺乳類？一、天牛；二、水牛；三、黃牛；四、犀牛！」

「嘩啊，什什什什什麼啊？」

底下群眾頓時議論紛紛。

「出這是什麼題目啊，有誰對人類世界的動物比較了解的嗎？」

「我不知道啊，叫我分辨一百種史萊姆的型態差異還比較簡單咧！」

韓宇庭聽見身旁一對翼魔族的父子展開了對話。

「爸爸～」兒子向抱著自己的父親問道，「你知道答案嗎？」

「當然囉！爸爸在人類世界住得這麼久，哪有什麼不了解的？」翼魔父親驕傲地說。

「爸爸，那什麼是天牛？」

「顧名思義，當然是會在天空飛的牛囉！」翼魔父親說，「就和我們家的 Lucky 一樣啊！」

和你們家的什麼一樣？在一旁偷聽的韓宇庭、黎雅心跟砲灰都冒出了冷汗。

不管這個題目出得好不好，至少成功地引起了話題。有人嫌題目出得太簡單，也有人持相反的意見，覺得主辦單位存心刁難——會造成這樣兩極化評價的原因也很簡單，一邊是人類的觀眾，另一邊當然就是智慧種族了。

這也可以看出現在社會上最普遍的問題——對於從原本熟悉的世界中遷移至此的智慧種族們而言，許多人類認為是常識的事情，卻是他們必須努力學習並且記憶的艱難學問。

參賽者們絞盡腦汁，抓耳撓腮，振筆疾書。

「五、四、三……」

主持人開始無情地倒數。

「真是的，那隻吸血鬼在搞什麼呀？」龍羽黑看見了伊莉莎白蒼白的神色，再看了她拚命抓頭的表情，知道對方遇到大麻煩了。

「……二、一，時間到！」

伊莉莎白在最後一秒鐘寫下了答案，然後把寫字板高高舉起，正確答案！

「噢，她寫對了！謝天謝地！」

黎雅心和龍羽黑忍不住雀躍地互相抱著跳了起來。

下一秒鐘，龍羽黑意識過來並且放開了黎雅心，故作冷淡地說道：「嗯咳，我才沒有替她感到高興咧，這麼簡單的題目，寫對也是應該的。」

「好了，大家不用高興得太早。」韓宇庭提醒她們，出題的節奏非常緊湊，才沒過多久，參賽者們馬上又要面臨新一輪的挑戰，「接下來要出第二題了。」

「第二題！」主持人高舉寫著題目的紙條，「喔，這是一題人類世界的經典謎語——什麼東西是早上四隻腳，中午兩隻腳，晚上三隻腳呢？」

韓宇庭他們馬上就知道了答案。

「爸爸，這題的答案我知道唷！」翼魔小孩開心地拍著手。

「小寶真聰明。主辦單位出這種題目簡直是在送分。」翼魔父親似乎對主辦單位出題的難度有點不屑。

甚音

「答案就是我們家隔壁的王先生嘛！」

誰？韓宇庭、黎雅心與砲灰目瞪口呆。

「啊啊，這個分數有點不妙啊！」

「看起來那個吸血鬼，平時並沒有好好讀書呢！」

砲灰和黎雅心分別如此評論道。

時間過了半小時，差不多出了十五題，眾人分數上的差距也很明顯了。

「十名選手中，有四個人不能進入第二回合的比賽啊！」韓宇庭擔心地說。

記分板上顯示著每個人現在的分數，而伊莉莎白竟然位居第六名。

「她和另一個對手分數只差了一點點，假如她一個不小心，很可能進不了第二階段。」黎雅心說，「戰況實在太激烈了，只要哪個人稍微錯了一題……啊啊，這題她寫錯了！」

而她的對手則是回答了正確的答案。

「她們同分了！」

韓宇庭他們為了伊莉莎白此次的重大失誤懊惱不已，有的咬牙切齒，有的則是按住雙眼不住嘆息。

「那麼，終於來到最後一題了！」

主持人提高了音量，拉抬現場早已熾盛鼓譟的氣氛。

「吸血鬼與犬人少女之間，只能有一位能拿到第二回合的門票！到底幸運女神會眷顧誰呢？」

伊莉莎白汗流浹背地看著同樣渾身冷汗的犬人族，她們之間完全就是妳死我活的程度，非得要在此時決出勝負。

「最後一題：請寫出人類世界裡的元素周期表上的第一個元素！」

元素周期表！

這個名詞頓時讓臺下的觀眾議論紛紛——絕大多數是智慧種族，立刻掀起了抗議。

「主持人，這個問題太難了吧！」

「就是啊，我們哪知道那個什麼表是什麼東西啊？」

「換一個題目吧，難道要我們反過來考你們人類什麼是魔法六要素嗎？」

主持人絲毫不受觀眾影響，熟練地回答：「我們的節目本來就是以人類世界的知識作為出題的依據。人類無法使用魔法，因此物理和化學對我們來說相當重要，再加上這個題目應該是在人類高中裡可以學到的內容，假如參賽者們在學校時有認真聽課，應該不會覺得困難才是。」

「他說的好像有幾分道理啊！」砲灰聽得一愣一愣的，不住點頭。

「豈只有道理，簡直無懈可擊。這下子都要怪伊莉莎白讀書不認真了吧！」黎雅心無奈地說。

「時間剩下最後的三十秒了。」主持人無情地宣告。

臺上的伊莉莎白還是沒有動筆，她的臉色蒼白，手指頭也在顫抖，可是坐在她對面的犬人族，一聽到主持人說這是高中課程裡有的東西時，就馬上低下頭來開始寫答案。

在每個人的眼裡看來，勝負已經十分明顯了。

「那隻吸血鬼，開場還放什麼大話，這樣不是很丟臉嗎？」龍羽黑焦急不滿地跺起腳來。

「韓宇庭同學？啊，還有你們其他人。」

「咦，米娜同學？」

從人群中急急忙忙擠向他們的正是米娜。

「你們怎麼會在這兒？」

「我們一起出來逛街，剛好知道這裡有和智慧種族有關的活動，所以就來了。」韓宇庭回答，

「那麼妳們呢？」

「還不是伊莉莎白那個孩子，你也知道她的個性，一聽說有機會可以上電視變成大明星，

什麼都沒考慮就報名參賽了。」米娜神情憂慮地說，「這下可好，不但沒出名，看來還得出糗。」

向來從容自在的米娜，這時也忍不住露出濃濃的無奈。

龍羽黑忽然衝上去抓住了米娜的肩膀，「米娜，伊莉莎白的化學補考考了幾分？」

「咦，妳、妳問這個做什麼？」米娜吃驚地說道，「而且妳又怎麼知道補考的事？」

「別多問了，她考了幾分，快說！」

「一、一百分啦！伊莉莎白其實腦袋不錯，就是容易緊張，因此考試的時候很容易失誤。參加這、這次的擂臺賽，也是她提出來要克服自己老毛病的方法。」

龍羽黑放開了米娜，轉身推開擋在前方的眾多觀眾，雖然惹出了一陣騷動，可是也清出一塊乾淨的空地。

「五、四……」主持人在喧譁的音浪中高聲大喊。

就在伊莉莎白就要絕望的時候——

「喂！蠢吸血鬼，妳給我聽好了——難道妳之前補考都是考假的嗎？這麼簡單的問題妳竟然也答不出來？」龍羽黑卯足了音量，放聲大喊。

「什麼？」伊莉莎白沒想到會在這裡看見龍羽黑，吃驚地睜大了眼睛。

「第二大題第三小題，正確答案是Ａ！」

她的舉動當然引起了四面八方的注意，然而不管怎麼樣都沒有人聽得懂她究竟在說什麼。說出一個與正確答案八竿子打不著的訊息，算是替選手作弊嗎？就連主持人也沒辦法馬上判斷，然而臺上的吸血鬼已經瞬間領悟。

她立刻提筆寫下答案。

「啊啊！」這時主持人剛好回過神來，「時間到！」用力地揮下手臂。

伊莉莎白和犬人同時舉起了寫字板。

「答對的是——」

所有人屏氣凝神……

「吸血鬼少女，恭喜進入最終決戰！」

第一回合結束便是中場的休息時間，主辦單位安排了人馬族的舞蹈團在臺上唱唱跳跳，在讓參賽者、觀眾休息的同時，也不忘記維持現場高漲的氣氛。

雖然表演很精彩，韓宇庭卻擔心舞臺會不會承受不住半人馬的體重而垮掉，尤其是看他們踏步得那麼用力……喀啦、喀啦，每次的跳躍動作都讓人膽顫心驚。

「龍同學，真的很感謝妳。」米娜感激地對著龍羽黑再三鞠躬，「可是我還是很納悶，妳為什麼要幫助我們呢？」

「哼，誰說是幫助妳們了！」龍羽黑稍微別過了視線，「這隻吸血鬼在被我好好教訓之前可不能先輸給別人，她的初次挫敗是專屬於我的呢！」

「妳、妳說什麼？」伊莉莎白氣得咬牙切齒，可是幾秒後，她的情緒軟化下來，「不管怎麼說……謝謝妳啦！」

金髮少女誠摯的道謝使得龍羽黑震驚了一下。

「對了，龍同學妳是怎麼把正確答案告訴伊莉莎白的啊？我剛剛實在是一頭霧水。」砲灰趁機問出了大家心裡最好奇的問題。

「很簡單啊，那個題目剛好在我們化學小考的範圍裡，既然這隻吸血鬼說她經過一番苦讀，那我想她八成還記得正確答案吧，我只是提醒她這件事而已。」

「原來如此。」眾人都露出佩服的神情，「真是太厲害了。」

但是除了韓宇庭，又有誰想得到，黑髮少女居然能把整張考卷全背在腦海裡。

「好了，你們不要這樣子看我啦！」龍羽黑居然覺得害羞起來。

「不管怎麼說，還是很感謝你們。我們差不多也該準備第二回合的比賽了。」米娜說，「闖過了這一關，也許伊莉莎白真的有機會到全國性的節目上去。」

「第二回合的比賽是什麼？」韓宇庭問道。

「不清楚，可是主辦單位剛剛派人告知我，第二回合需要參賽者以及她的三名隊友一起組隊參加。」

「你們有幾個人？」

「……就我和伊莉莎白。」

「這怎麼行？」黎雅心擔憂地轉頭看了看夥伴，「我看我們就好人做到底，順便幫她們這個忙吧！」

「我同意。」韓宇庭說。

「什麼？」龍羽黑瞪大了眼睛，「我剛剛才幫過這隻沒用的吸血鬼耶，現在還要再幫一次嗎？」

「也不一定需要妳。」伊莉莎白反唇相譏。

「不行！」龍羽黑生氣地說，「就憑妳這點本事，肯定沒有辦法贏得比賽，唉，我只好再幫妳一回！」

「妳說什麼！」

「好了好了，就這麼說定了。」米娜跳出來打圓場，「龍同學當然是不可或缺的戰力，那另外一個人應該要選誰呢？」

就在韓宇庭還沒有開口之前，黎雅心與砲灰心有靈犀地互看了一眼，既然龍羽黑都答應要上場了——

「那就讓韓宇庭上去吧！」

「咦？」韓宇庭驚訝地看著兩名好友。

「你的運動神經比我好，當然是你上場。」砲灰說的完全是反話，「我最近剛好身體有點不舒服，哎唷，要是做激烈的運動不知道會不會有影響咧！」

「既然決定了就別拖拖拉拉的，你們快去吧！」

在主辦單位再次響起宣告節目開始的廣播聲之前，黎雅心拍了拍他們的肩膀，把他們推向了舞臺的方向。

「喂！吸血鬼。」

「什麼事，龍？」

「我要先跟妳說明一件事。」龍羽黑面向前方，連看也不看伊莉莎白一眼，「我不是為了貪圖妳的報恩才出手幫助妳的。妳這傢伙……雖然又傲慢又無能，但總歸起來還算是個可愛又認真的人。我很欣賞。」

「什麼？」

「龍的天性就是這樣，我不會對拚命付出努力的傢伙坐視不管的。」

「嗯。」伊莉莎白沉重地點了點頭。

兩人直視前方，不再說話。

「啊，龍羽黑同學……竟然說出這番話來，她好像變得和之前不太一樣呢！」在她們兩人背後的米娜小小聲地對韓宇庭說悄悄話，「韓宇庭同學你是怎麼影響她的呀！」

「我、我沒有啊！」

「但是龍同學成長了呢！」

「是嗎？」韓宇庭露出了靦腆的微笑，看著黑髮少女的背影。雖然她日常的行為有些驕縱，可是韓宇庭始終相信她的心地十分善良。

「據說在遠古，魔法世界的智慧種族是把龍當成神在膜拜的。」

「咦，這是真的嗎？」這樣的事情，韓宇庭一輩子都沒有聽說。

米娜點點頭，「這是我家族的長輩告訴我的，當然龍已經消失好幾百年了，現在恐怕也沒有種族記得這件事，但是根據傳說，是龍創造了魔法世界的時與空、生與滅。智慧種族沒有『神』

的概念，也許他們便是把『龍』替代了『神』的樣子。」

米娜看著前方說，「現在我看著龍羽黑同學，依然無法將她和神話傳說裡面那擁有強大力量的巨龍聯想在一起，但有時從她的言語與行為之中，我完全不會質疑龍族被稱為『智慧種族中的貴族』的理由，她確實擁有極為高貴的靈魂。」

「我認為，不只是龍同學，妳和伊莉莎白也一樣，擁有著聖潔高貴的靈魂。」

米娜聽了韓宇庭的這番話，溫和地笑了。

當他們被引領到舞臺上，才發現舞臺大小遠超過他們的想像。

第一回合的益智問答只用了不到四分之一的區塊而已，當本以為是背景的巨幕拉了起來，韓宇庭等人才知道原來背後還有一大片空曠的區域。

只是個電視節目的預選賽，為什麼需要用到這麼大的空間呢？

正在疑惑時，周圍又啟動了另一項用意不明的設施。

四方升起像是網子又像是玻璃罩的東西，將他們團團圍起，從舞臺中央往外看去，只見外面都變成了一片深色，恐怕外面看他們也是如此。

六組參賽人馬全都帶著困惑、緊張、堅定的神情看著站在吊臂上的主持人。

「等一下，是不是換了一個主持人啦？」米娜困惑地皺著眉頭說。

「有什麼差別嗎？也許他們有很多個主持人也說不定。」伊莉莎白如此說道。

「真不好意思，我們臨時更改了第二回合所要進行的比賽項目！」

原先說好的比賽項目，應該是四人一組的益智類比手畫腳接力賽，可是不知道為什麼忽然取消了。

不待其他人提出疑問，主持人朗聲宣布遊戲規則。

「第二回合的比賽，名為『偽國王打仗』！」

主持人戲劇化的聲音果然挑起了大眾的好奇心。

「那是什麼東西？」

「聽都沒聽過。」

主持人技巧性地稍待了片刻，等待眾人疑問的情緒逐漸高漲，又再度開口，「如同大家看到的，這回合的比賽乃是組隊比賽，參賽者是國王，而她的幫手則是保護她的騎士，每支隊伍要設法搶走國王身上的名牌，最後留存的那一位就是今天預選賽的贏家。」

眾人分別望向自己的胸口，果然都別著一張黑色卡片，但是伊莉莎白身上的最特殊，還鑲有金色的邊。

「看來我們就是黑隊了。」龍羽黑理所當然地說。

「怎麼不是金隊？」伊莉莎白愁眉苦臉。

高處的主持人繼續講解規則：「這次競賽最特別的地方就是，允許使用魔法！各位，智慧種族最大的特色是什麼？就是會用魔法！既然所有參賽者都是智慧種族，我們也想看到精彩的魔法大戰，是吧？」

「沒錯！」

「喔喔，能夠盡情使用魔法，太刺激了！」

「給他們好看！」

不只人類在喧囂，還有無數的智慧種族也一起瘋狂地吶喊，看來長期生活在一個難以使用魔法的世界裡頭，他們實在憋壞了。

「參賽者們即將在升起的安全帷幕中展開一場精彩的對決！讓我們一起期待比賽的開始吧！」主持人在群眾沸騰的浪潮中，坐著吊臂緩緩降入競技場地。

「咦，咦？」韓宇庭在聽到了這些話後頓時驚慌失措起來，「他說什麼，居然允許使用魔法？這下糟糕了！」

「確實很不妙呢，我們的隊伍有人類，而且狼人也不算是擅長魔法的種族。」米娜皺著眉頭說。

看著其他參賽者的隊伍，幾乎都是清一色的由同族所組成。

紅隊精靈、藍隊妖狐、綠隊次天使、紫隊翼魔，還有一隊是由人馬與蜥蜴人混搭而成，顏色是白色。這幾個種族除了人馬與蜥蜴人之外，都稱得上是智慧種族中的「上位種族」，換言之都十分擅長魔法；而人馬與蜥蜴人雖然魔法能力普普通通，卻都是運動能力出眾、武藝高強的戰士。

不過即使強敵環伺，對於站在隊伍前方的龍與吸血鬼而言，似乎一點也不放在眼裡。

「太簡單了！」伊莉莎白信心滿滿地說道，「雖然同樣被人稱呼是上位種族，但是本姑娘會好好告訴這些傢伙，吸血鬼族有著完整的千年魔法傳承，魔法實力是最強的！」

「不要．在龍．面前．使用．魔法！」龍羽黑說，心情看起來特別地亢奮。

「嗯，我們不會輸的。」米娜說道。

但是韓宇庭擔心的並不是這一回事，他的腦海裡忽然浮現了巫老師曾經告訴過他的話語。

「一定要看緊龍同學，行事萬萬不可張揚，別讓她任意地使用魔法，這是為了你們好。」

魔法！為什麼不可以讓龍羽黑任意使用魔法？他並不明白，唯一可以肯定的是，當時巫老師的神色格外慎重。

雖然韓宇庭還沒有完全信任這個人，可是他的話語卻顯然是懇切的忠告。

「懷璧其罪。」另一句無法忘懷的聲音重重地迴響著。

「咦？」隱隱約約間，有道靈光閃過韓宇庭的腦袋，他急忙地想要阻止：「慢著，我們……」

「比賽開始！」

來不及了。

主持人已經用力喊出聲。

「呀啊啊啊啊——」

同一時間，其他隊伍都發起了進攻，他們攻擊的目標，居然極有默契的是——

「五隻隊伍都打我們，這是怎麼一回事？」

「小心啊，米娜，躲到我後面。」伊莉莎白高聲大喊，「就讓他們知道本姑娘的厲害！」

吸血鬼騰出雙手，祭出火球術分別扔向妖狐與次天使。

擅長土系法術的妖狐馬上召出了土牆抵擋火球，而次天使則飛向了半空。

另一方面，龍羽黑站到了伊莉莎白的對側，面前升起了黑色的魔光，就像護盾一樣地將翼魔的恐懼血箭與精靈的藤蔓彈開。

「呀喔喔喔喔——」人馬與蜥蜴人不放過機會，趁隙衝了進來。

個性驕傲的人馬居然願意讓蜥蜴人乘坐在他們背上，究竟是多想獲得勝利？雖然這只是模擬「國王打仗」的競賽遊戲，參賽者沒有拿武器，但是這兩支種族光是運用強壯的身體就已無人能敵。

「哇啊啊！」韓宇庭嚇得大叫出來。

「讓開！」米娜大喝著迎向對手。

平素溫馴優雅的舉止使人時常忘記她屬於狼人這支赫赫有名的戰鬥種族，只見她一拳一個打倒蜥蜴人少女，再用雙手分別抵著人馬少年，毫無懼色。

「這些傢伙……不對勁！」米娜率先發現了異常。

被米娜打倒的蜥蜴人不顧身體受到的衝擊，搖搖晃晃地又站了起來，而人馬就像瘋了似地口吐白沫，拚命想要逼退米娜。他們的臉上完全找不到理智的神色。

「韓宇庭，你快逃！」米娜艱困地抵抗著四名對手的進攻。

「嗚、嗚哇！」

人馬猶如肉體衝車般向韓宇庭猛撞過來，砰的一聲撞上了他背後的堅固帷幕，這道矗立在舞臺邊緣的高大隔牆異常地韌實，甚至就連參賽者們使用的魔法也透不過去。

每當魔法擊中帷幕，它的顏色就更深一層，並且散發出令韓宇庭感到不快的氣息。

氣息！

韓宇庭在慌亂之中陡然注意到，他那敏銳的「感覺」又再次回來了。

這是怎麼一回事？

即使閉上雙眼，韓宇庭也能正確地探測到場上每一個個體的存在，以及他們運動的方式。

時間好像陡然之間緩慢了下來。

在天空中飛來飛去的次天使以及翼魔，紛紛劃出充滿規律的弧線；人馬以及蜥蜴人，只會按照既定的方向橫衝直撞；妖狐與精靈不斷向前方拋射著魔法；米娜的還擊漸漸衰弱，而吸血鬼的存在感遠比他們任何人都要強烈，彷彿她身懷著熾熱的體溫。

讓韓宇庭驚訝的不只是這些。

他似乎可以感覺到每一道法術的熱、氣味，以及聲音……

強大的氣息！

無比強大的氣息來自龍羽黑。

她咆哮著，迎戰無比難纏的對手，幾名原本專注在伊莉莎白身上的對手，也轉而向她發起進攻。

韓宇庭在「心裡」看見的是一團深邃無底的黑影，被縛困在一具小小的軀殼中，這具身軀一定不是那巨大存在原本該有的樣子。

她的力量像深淵大海，永遠沒有止境。

她情緒高漲的時候，韓宇庭的感受能力也越來越強大。

細小的光點圍繞著龍，向龍猛攻，她努力地掙扎，可是她能釋放的力量不到她真正擁有的萬分之一。

忽然，龍的存在感戛然消失。

「龍羽黑！」韓宇庭猛然大喊出聲！

「呀啊！」

另一方面，伊莉莎白也發出了驚懼的叫聲，「什麼呀，這些傢伙，攻擊性的魔法怎麼可以這樣亂用啊？」

伊莉莎白的火球術都是丟向對手的腳下或是行進方向，雖然是看似駭人的法術，但魔法的火焰有八成都只是幻影，一點都不會有危險。反倒是伊莉莎白的對手，毫不留情地把可怕的魔法朝吸血鬼丟來，就算這是競技比賽，做得也太超過了吧！

「這是怎麼一回事啊？」

「伊莉莎白同學，這些人都怪怪的！」韓宇庭一邊狼狽地閃開人馬，一邊奔向吸血鬼，「他們好像都失去了理智，一直在胡亂攻擊。」

「原來如此，難怪行動這麼詭異！」伊莉莎白閃過了次天使從天上扔下來的魔法長矛，「可是，為什麼，這些傢伙的魔力應該早就用完了才對？」

她看了看自己的手掌，「還有我的魔力也應該早就用完了。」

一發塵土彈擊向她的側額，她迅速地抬手，製造氣爆，砰地化解了攻勢。

「我感覺到源源不絕的力量一直流進我的身體，喂！這裡真的是人類世界嗎？」她的表情顯得有點困惑，「感覺……感覺就好像回到了魔法世界一樣。」

「現在不是感嘆這個的時候了！」

「我當然知道，可是，你看，我沒辦法抽身！」伊莉莎白咬牙切齒地閃過了更多襲來的魔法。

幸虧次天使和妖狐只會單調地從遠處丟擲魔法長矛與塵土彈，她才可以一個人抵擋四名對手。

「我這裡還撐得住！你看看龍那裡需不需要幫忙，或是快點找出異變的原因！」

韓宇庭從她身旁離開，可是馬上被擋住去路。

翼魔與精靈形成的人牆正擋在他的前方，面無表情得簡直就如會動的死屍。他深知自己無法跨過這道防線，慌忙地四處觀望，尋求奧援。

「喂！主持人，喂！」

韓宇庭朝著站在吊臂上的主持人拚命揮手高喊，「參賽者的樣子有些奇怪啊，你們快中止比賽！」

「是啊，他們的模樣當然有點奇怪。」主持人不慌不忙地道，「因為他們被我們控制了嘛！」

「什麼？」

主持人哈哈大笑，居然從高處一躍而下，在落地的同時，原本筆挺的西裝猛然碎裂爆散，底下的衣著是一件附有兜帽的灰色長袍，看起來就像——

「魔法師？」

「哈哈哈哈，你真聰明，小子。」主持人……或者該說是偽裝成主持人的魔法師愉快地笑道，「沒想到你居然知道魔法師這個名詞……咦，你不就是那天在植物園裡迴護龍的那個學生嗎？」

「難道你是襲擊龍同學的那些怪人！」

「我是灰衣法師的首領。」魔法師傲慢地說，「花了那麼多心血準備，終於讓龍掉入了我們的陷阱。這些智慧種族也沒有用處了！」

他手臂一揮，翼魔和精靈就像斷了線的木偶紛紛倒下，在那後面的卻是被綁縛在地上的黑髮少女。

「龍同學！」

「笨蛋，儘管放聲大喊吧！她聽不到的。」

好幾名灰袍法師戒備在暈過去的龍羽黑身旁，她的身邊環繞著一圈又一圈神祕發光的法陣，就像在其中沉睡的公主。

微弱的魔光飄浮在魔法陣的上空，就像螢火蟲的螢光般虛幻閃爍。

「看啊，取之不盡的魔力即將到手。」魔法師首領讚嘆地說道，然後面對韓宇庭，「小子，既然已經捉到了龍，那你們就沒有用了。」

「你這混蛋，把龍同學還給我！」

「住口！」

魔法師首領大喝一聲，抬起手臂，韓宇庭只覺得像被砲彈擊中了似地，摀著肚子跪了下去，「嗚哇！」

「年輕的魔法師啊……不，應該說具有魔法師資質的年輕人啊，真是可惜！你雖然擁有不錯的潛力，卻缺乏名師教導，而且我也沒時間再跟你蘑菇了。」

「你、你說什麼？」韓宇庭掙扎著爬起來。

「算了，你就當作沒聽到吧。」魔法師首領搖搖頭，對著手下呼喝，「集中魔力，把這裡的魔力都收集起來！」

「是的，首領！」

韓宇庭發覺他們周圍的帷幕逐漸開始發光，是真的在發光！發出深靛色的詭異光芒。

「呀啊啊啊啊——」

場中的智慧種族都露出痛苦的神情，好像呼吸困難般地抓著自己的脖子跪了下來，韓宇庭甚至看見幾名體格瘦小的次天使和翼魔少女口吐白沫，神色充滿驚惶。

「米娜！」背後，伊莉莎白驚恐的聲音響起，「妳怎麼了，米娜，振作一點！」

韓宇庭感受到的那些「存在感」從智慧種族的身上被抽離了，它們慢慢集中到灰袍法師的身邊。

「你在收集什麼東西？」

「這就是『魔力』啊，少年！」魔法師首領說道，「人類既然無法自行製造魔力，那我們要怎麼施展魔法？道理很簡單，從智慧種族那邊搶走就好了。」

韓宇庭簡直不敢置信，怎麼會有人有這麼邪惡的想法？

魔法師首領語氣不滿地說道：「上次在雲景高中圍捕龍的行動失敗，害我們幾乎損失了全部的魔力庫存，幸好我發現了有某個節目吸引成千上百的智慧種族參加，他們的腦袋簡直沒有一只茶杯大。」

他張開雙手，「所以我有了一個自動送上門來的魔力寶庫，而且他們還都是魔力深厚的『上位種族』！原本我是想著吸收了這群智慧種族身上的力量，我們就再度得到了捕捉龍的本錢，沒想到，哈哈哈哈……」

他開心得仰頭大笑起來。

「沒想到居然連龍都參加了比賽，而且完全沒有察覺到這是個陷阱！你們看那堵深色的隔絕牆，那本來是用來阻絕可能失控的魔法意外，所以造得特別堅固，可是也因此不會有人察覺到上面被祕密地刻上了吸收魔力的魔法陣圖。喂！結果就是龍自己提供了把自己捉起來的力量啊！」

「居然有這種事？」

「幸好這頭只是經驗淺得什麼都看不出來的幼龍，不過幼龍就是最珍貴的了。我們再怎麼膽大妄為，也不敢去惹成年巨龍的，你說是吧？」

「誰管你怎麼想？現在立刻釋放龍同學！」韓宇庭有勇無謀地往前衝。

是的，他只能往前衝，雖然不知道自己能夠做什麼，可是，他更難以忍受自己不去為了龍羽黑做些什麼。

「呀哈哈哈！不知天高地厚的小子！」魔法師首領揮舞著雙手，憑空製造了可怕的亂流，強勁的風勢幾乎將韓宇庭的腳跟從地上拔起，然後把他撕裂。

「嗚！」

「笨蛋，你一個人類可以做些什麼？」危急之際，竟然是伊莉莎白衝了過來，把韓宇庭拖出可怕的風暴之中。

「這裡交給我吧！」伊莉莎白憤怒地瞪著魔法師，「我可不能讓這傢伙傷害了我的朋友……兩個，不，三個朋友！我要教訓你們！韓宇庭，麻煩你借給我力量！」

「咦，什麼？」

伊莉莎白抓住了韓宇庭的頭，「就算會痛也要忍耐，為了龍。」

「好、好的。」

「嘶！」韓宇庭的全身猛然一緊，脖子上傳來一股劇痛——他被咬了！

他感覺全身力量都瞬間匱乏似地癱軟了下來。

可是他的血液換來了另一個更為強大的存在。

「很好！」伊莉莎白張開一對蝙蝠翅膀，嘴角依然淌著鮮血，就這樣猛然衝向天際，「這樣我終於可以發揮全部的力量，再戰一場！」

此刻的伊莉莎白居然變成了一百七十多公分的身高，身形也變得玲瓏有致、前凸後翹，和之前幼女般的平坦體型相比完全變了一副模樣。

「見識一下吸血鬼族的完全體姿態吧！」

她的速度、魔力都變得相當驚人，高速掠過的吸血鬼就像砲彈一樣把好幾名魔法師全都捲倒。

「這怎麼可能！現在明明是白天，妳怎麼可以在日光下變身……啊！」魔法首領總算發現了事情的原由。

被屋頂遮蓋住的舞臺，被隔絕牆阻擋住的陽光，此刻的競技場上根本就沒有日光的存在。

伊莉莎白露出冷笑，飛上高空再度準備疾速俯衝。

「攻擊！」魔法師首領命令道。

剩下的魔法師一齊對伊莉莎白展開無差別的猛轟，一時無數砲彈同時擊向吸血鬼。

伊莉莎白毫無懼色地收起翅膀，完全擋住了這些攻擊。

可是趁著這個機會，魔法師首領低聲吟唱起難以辨認的咒語，他念得又久又沉穩，手下們的攻擊替他爭取到了時間。

「破壞吧！」他高喊一聲，握拳擊出強大的閃光。

「嗚哇啊啊啊啊！」

光系的法術正是吸血鬼一族最大的弱點。

「伊莉莎白！」

韓宇庭不知從哪裡湧上來的力量，掙扎著衝向伊莉莎白掉落的位置，可是才走了一步、兩步、三步……無情轟來的法術直接命中他的側身。

「哇啊！」

他不甘地倒在地上，感覺意識即將離開身體。

可是我還沒有救出龍同學……好不甘心，我不甘心！

此時，他聽見由場外傳來了一陣慌亂的尖叫。

尖叫聲充滿了驚恐，彷彿他們看到的是一輩子不曾看過的恐怖東西。

「嗚哇，是龍！」

龍！

「是龍啊！」

龍！

「龍啊！」

從黑暗中緩緩甦醒，韓宇庭的意識仍有些矇矓。

聲音，都到哪裡去了？

為什麼從那一聲巨大的崩裂聲開始，就再也沒有聲音傳來？

韓宇庭感覺到一股溫暖的力量在治療著自己。他的神智逐漸清明，忍不住抬起頭來。

「巫老師？」

「哈、哈、韓宇庭，好在你終於恢復了，我可是擔心死了……」

「巫老師，你為什麼變得這副模樣？」

「別提了。」鼻青臉腫的巫老師一副衰老了幾十歲的感覺，緩慢地開口，「我……我在監視龍的過程中被抓包了，那條龍……那條銀龍好可怕！好可怕！」

他一副快哭出來的表情。

「啊，是鱗銀小姐？她對你刑求？」韓宇庭感到不寒而慄。

「她把我綁起來，逼我看一部又一部的悲劇愛情片，然後拿羽毛筆一直搔我的癢。」巫老師的神情仍舊充滿了恐懼，「我從來沒看過那麼無情的人，我一直求饒、一直求饒，可是她完全無動於衷啊！」

「……那你怎麼會這麼狼狽？」

「呃，這是我剛剛從龍背上摔下來時不小心撞到的。」巫老師尷尬地說，「我騎龍過來的。」

「巫老師，你到底是誰？」

「……我就是老師啊！韓宇庭。」巫老師平靜地說，「你該不會以為作為智慧種族與人類交流學校的雲景高中，連一位會使用魔法的監視兼警備都沒有吧？對，我是人類，我也是魔法師，可是我實際隸屬的是為聯合國工作的團體，我們的團體擁有很高的權力……這些都不重要，反正一言以蔽之，我就是被派來監視並且保護幼龍的。天殺的，怎麼會突然有龍轉學進雲景高中？換做是你，你能相信嗎？」

巫老師說著說著幾乎就要崩潰了，不過這時候他也完成了對韓宇庭的治療。

「起來吧！」

「你為什麼要我別讓龍同學使用魔法，難不成就是會發生這樣的情形？」

「沒錯，而且我所擔心的事情也成真了。」巫老師憤慨地咬著牙，然而馬上又換上一副愁眉苦臉的表情，「更糟糕的事情也要發生了。」

「什麼樣的事？」

「你待會就知道。」巫老師悶悶地說，「或者說，你一定會知道，畢竟現在也只有你能夠解決了。」

八、巨龍再臨

巫老師把韓宇庭帶到了龍的面前。

兩條巨龍面對的是一座斷垣殘壁，韓宇庭認得這之前還是被叫做「外景舞臺」的東西。

身長超過二十公尺的銀龍，以及身長超過三十公尺的藍龍，平靜地坐在那裡……該說是平靜嗎？因為就連韓宇庭也會納悶，龍有表情嗎？

「日安，韓宇庭。」藍龍俯下頭顱，「我是七海龍主暨九龍之中力量最強的御浪者藍翼。」

「我是風之主卡拉阿希特領主銀鱗。」銀龍居高臨下，睥睨地說，「人類，已經一個小時過去了。」

「我、我知道。」巫老師猛擦著額頭上的汗，「但是，偉大的龍啊，我們試過了所有能動員的魔法師，還是無法追蹤到她的位置。」

「我們說過，若是在一小時之內找不回我們的妹妹，你們魔法師……不，你們整座島的人類都不會再有後代子孫了——沒有父母親就生不出小孩，沒有小孩就無法締造歷史。」銀龍決絕地說。

「她在說什麼？」韓宇庭敲了敲巫老師的手臂問道。

「她的意思是如果我們不能在一個小時內找到幼龍的下落，她就要把我們國家的所有人都殺光！」

「這怎麼可以？」韓宇庭驚叫出來，連忙抬起頭，「鱗銀小姐！」

「嗯？」

「呃，不是，銀鱗。」韓宇庭被銀龍的視線震懾得後退了幾步，「居然說要殺光所有人，妳怎麼可以做出這麼殘酷的事情？」

「殘酷？我的鄰居，不要說出這種可笑的話語。」銀龍說，「難道是你的家人被莫名其妙地擄走嗎？難道你以為你們這些渺小人類的性命加起來有一頭龍重要嗎？我擁有力量可以支配生死，你們沒有討價還價的空間。」

「藍翼先生！」

藍龍沒有理睬韓宇庭的呼喚，只是靜靜地看著遠方。

「藍翼先生！」

「韓宇庭啊，不用妄想央求御浪之龍，牠不開口是因為沒有必要開口，一旦藍龍起身，就會直接宣判末日。」

「韓宇庭，不用多費唇舌了。」巫老師緊張地拉著韓宇庭的衣角，「我聽說銀龍還算是九龍之中比較願意和下等種族溝通的了，藍龍曾經有連說也不說就直接毀滅掉一個國家的紀錄。」

韓宇庭覺得整個背部都發涼了起來。

「現在我們只能靠你了。」

「靠我？」

「沒錯，靠你。」巫老師抬起頭，大聲地對龍說，「偉大的龍啊，請再給我們一次機會。請您看這名少年，您們的鄰居，他的身上有著幼龍殘餘的魔法氣息，我們的魔法師保證能夠靠他聯繫到幼龍的位置，只有他能夠穿透灰袍法師留下來的傳送魔法陣。拜託了，讓我們一試。」

銀龍無情地問道：「與我何干？」

藍龍緩慢地張開牠的翅膀，看見這一幕的魔法師（無論人類或是智慧種族），全都發出了即將崩潰般的嗚咽聲。

「拜託您了！」

藍龍稍微止住了動作。

韓宇庭大聲地高喊，「拜託，讓我試試看，我、我不相信龍同學就這樣消失不見了，不是還有方法嗎？不是還有方法找她回來嗎？不管有多危險，拜託讓我試試看！」

他因為連續說出一長串話而急切地喘著氣，「我、我不會認輸，我不要放棄希望！」

銀龍默默無言地看著他，然後轉頭看向藍龍。

藍龍一句話也沒說，專心沉浸在落日的餘暉中。

「可以。」銀龍答應了。

「噢天啊，韓宇庭，我好激動，你、你救了我們。我真的不知道這時候該說些什麼，但我好願意親你……」

「巫老師，拜託不要！」

韓宇庭被帶到一處魔法陣旁邊，一大堆穿著奇異顏色長袍的魔法師圍繞著法陣，有的在測量、有的在施法，還有的試著用網子或是缽捕捉飄浮在法陣中間的東西。

不過所有人都有著相同的一處特點，那就是無計可施的表情。

他認得這個魔法陣，是龍羽黑先前被灰袍法師首領下令綁住的地方，飄浮著的白色魔光就和他先前看見的沒什麼兩樣。

「韓宇庭，接下來要告訴你的事情是這樣子的。」巫老師指著法陣說，「在你暈過去後，龍就抵達了。雖然我們的人制伏了灰袍法師，卻讓他們的首領帶著龍羽黑逃走。龍限制我們一個小時內要找出辦法，否則就……哼哼，我們遇到的困境就是無法追蹤到龍羽黑身上的魔法氣息。」

「我明白了。」

「待會你要站在這個法陣的中央，因為你是最長期和龍羽黑相處的人，你的身上一直都吸飽了她的魔力，法陣會誤判你是龍羽黑，接著釋放出一些訊息……啊總而言之講起來很複雜，但是，我們的人可以一瞬間分析這些資訊，把你傳送到龍羽黑現在所在的位置。」

「為什麼我會有這種力量？」

「因為你是魔法師。」巫老師望著詫異不已的韓宇庭，「很抱歉瞞著你，不過你是不是常常會有接觸到智慧種族之後就暈倒、起疹或是上吐下瀉的症狀？你以為這是對智慧種族過敏嗎？其實不是，正確來說這是對魔力過敏，因為你沒有受過訓練，卻又擁有會吸收魔力的體質。」

「我怎麼會有這種體質？」韓宇庭問道。

「我不知道，很可能是天生，也很可能是後天的。我聽說有時候某些神祕古怪的儀式會改變一個人的體質。」巫老師搖了搖頭，沒注意到韓宇庭若有所思的神情，繼續說，「你要接受訓練才可以克服這些症狀，我很樂意教導你，只要我們還能活到明天的話。好了，韓宇庭，時間不多了，上吧！」

「等等，我想問一下，我的朋友們呢？」韓宇庭憂心忡忡地問道，「黎雅心、砲灰在觀眾席，伊莉莎白跟米娜……她們在原本的場地裡頭，他們……」

「放心吧，黎同學和吳同學現在都平安地回到了家，周同學和她的朋友則是被吸血鬼一族先接回去照顧。吸血鬼的當家大老好像對這件事很不爽，但是他們完全無法拿我們怎樣，因為我們現在是龍砧板上的肉，等於是被龍罩，所以他也拿我們沒皮條，哈哈……怎麼好像一點也高興不起來？」

「老師，我要進去了。」韓宇庭做好了準備，走到傳送法陣的邊緣。

「祝武運昌隆。」巫老師說，「遇到灰袍法師首領之後，能撐多久就是多久，我會用最快的速度找到你。」

韓宇庭點了點頭，然後跨進法陣。

強烈的光線一瞬間突破他的視網膜，無盡的嘶吼聲則是像要打穿他的鼓膜，接著還有對著鼻黏膜用力突擊的氣味，韓宇庭張開嘴巴卻發出不了聲音，因為他的聲帶好像消失得無影無蹤。

這就是韓宇庭在踩進傳送法陣一瞬間所發生的事情。

天旋地轉，天昏地暗，天崩地裂，天愁地慘……直到黑暗布滿他的眼簾。

「你這小子！」

「嗚哇！」韓宇庭急急忙忙地滾到了一旁，閃過了從黑暗中突然揮出來的手杖。

砰！擊中某樣厚重物體的手杖發出了笨重的聲響，緊接著是魔法師首領氣息濁重的呼吸。

「你是怎麼找到這裡來的？」

「不告訴你！」

對方陡然點起了光亮，韓宇庭看見這狹小的室內有著許多標本、人體骨架，空氣中充斥著福馬林的氣味……

「這裡是……雲景高中？」他望向窗外，樹影茂密，一片漆黑，「植物園，這裡是自然教室？」

「我原本以為最危險的地方就是最安全的地方，沒想到會被你找到！」

藉著手杖尖端綻放出來的光線，韓宇庭看見魔法師首領狼狽地被火燒掉了一半的鬍子，衣服也變得破破爛爛。

「龍同學在哪裡？」

「笨蛋，你以為我會把她交出來嗎？」

魔法師首領擋在躺在地上的龍羽黑前面，滿臉不屑地看著韓宇庭。

龍羽黑的身旁畫滿著顯然是急就章的魔法陣，雖然粗糙，可是韓宇庭知道龍羽黑本身就會提供幾乎無限的魔力，如果不在這裡把這名可惡的魔法師打倒，他可以一而再、再而三地帶著龍羽黑轉往其他地方。

韓宇庭握起拳頭，雖然不知道自己究竟能做些什麼，但是他不想退卻。

「混帳！」魔法師首領高聲大喊，施展了魔法。

韓宇庭在這瞬間，主動衝向凝聚起來的光球。

「你在做什麼——呀？」

韓宇庭抓住首領的袍子，兩個人一起滾到地上去。

「都什麼年代了還穿這種過時的衣服！」

「你這……臭小子，哇啊！」

手杖尖端的光球接觸到地面的剎那，猛烈地炸了開來。

「嗚哇！」

「呃啊！」

成功了！韓宇庭心裡忍不住要興奮地高喊。

兩個人一齊被炸飛，韓宇庭撞上了牆，差一點連五臟六腑都移位了。他忍住痛楚，從地上爬了起來。但是魔法師首領恢復得比他更快。

「哈哈哈哈哈！」他發出得意的笑聲，手杖再次放出可怕的光芒，他還保留著一部分的光球碎片，光憑這些部分就能把韓宇庭炸成粉碎。

「嗚喔！」韓宇庭吃驚地叫了出來。

「什麼？」魔法師首領連忙回過身，「哇啊，這是怎麼一回事？」

龍羽黑不知道什麼時候已經站了起來。

仔細一看，剛才的衝擊震碎了她周身的法陣文字，地上還有一片細小的寶石碎片，是龍翼藍交給她的力量抑制寶石。

力量抑制寶石，就是用來抑制龍羽黑本身力量的寶物。為什麼龍羽黑需要抑制自己的力量？

韓宇庭沒有答案，可是這時候，失去了寶石的龍族少女，全身上下都散溢著黑暗不祥的光芒。

「哇啊，哇啊啊啊啊！」

這些光芒就像有生命一樣纏上魔法師首領的身體，不顧他的掙扎將他舉了起來，然後，重重地甩向牆上。

天啊，這究竟是多麼可怕的力量，魔法師首領整個人都陷入牆壁裡面了！他連一絲聲音都沒有發出來，天知道是不是一瞬間就死了，還是仍舊活著？

韓宇庭魂不附體地看著龍羽黑。

隱約可見的黑色翅膀、頭、角、鱗片……尾巴，在她的背後浮現。

「太早了！」銀髮女子在這時候忽然出現，「現在還不可以覺醒！羽黑！」

藍髮的男人也大步穿過教室走來，臉上盡是焦急神色。

龍羽黑身上的力量，就連龍族也不得不被阻止靠近。

「萬物都……終結。」龍羽黑悠悠吟唱著，「我是……」

「阻止她，不可以讓她說出那個名字！韓宇庭！」龍鱗銀首次露出極為倉皇的神情，「她只能是龍羽黑！」

「龍羽黑！」韓宇庭衝向黑髮少女。

只有他能夠無視少女壓倒性的力量，他牢牢緊抓著少女。

「龍同學，龍同學，龍同學！」他拚命地搖著龍羽黑的肩膀。

「你是誰？」龍羽黑毫無表情地注視著韓宇庭，然後轉為憤怒，「少來阻止我！」

「龍同學……羽黑，妳快醒一醒啊！」韓宇庭喊著，「我是韓宇庭啊！妳難道不記得我了？」

「韓……宇庭？」龍羽黑喃喃念著，忽然像是頭痛欲裂地搖晃著腦袋。

「哇啊啊啊啊啊！」

「羽黑？」

「不要放開手，繼續！」龍鱗銀在他身後命令道。

韓宇庭只好強忍住同情，繼續緊抓著神色痛苦的少女不放。

「哇啊、啊啊啊啊……咳咳咳咳……」黑髮少女發出了連續的嗆咳，「這是，我在哪裡……韓宇庭？」

韓宇庭露出欣喜的神色，「羽黑！」

「這裡是哪裡，我好像做了一個，很長的夢？」龍羽黑雙腳一軟，整個人癱在韓宇庭懷中。

「呃啊！」負擔不起對方的重量，還有就是龍羽黑真的比他高太多了，韓宇庭雖然努力地想挺直雙腿，可是最終還是……

「我快撐不住了……哇啊！」

壓垮他的最後一根稻草居然是從後方撲上來的龍鱗銀。

「哇啊，小黑小黑小黑小黑——」

「不行呀，鱗銀小姐，妳這樣我會，哎呀！」韓宇庭咕咚咕咚地滾倒在地，不過幸好有他當了墊背，兩名女性才沒有發生摔到地板上的慘劇。

龍翼藍趕緊走上前來，隨即蹲下，用其寬闊的胸膛將銀髮女子、韓宇庭以及龍羽黑整個抱住。

「嗚哇，銀姐、藍哥、宇庭！」

不再倔強的哭聲不停地從自然教室裡頭傳了出來，在後面衝進去逮捕灰袍巫師首領的魔法師們，則是很有默契地轉過頭，不去看他們重逢的場景。

本來應該會是一幅很動人的畫面，不是嗎？但是這些魔法師們只是露出了「嗚哇，還好我沒被殺掉」的慶幸表情，安靜又迅速地完成了自己的工作。

尾聲、鄰家的龍是美少女

「欸，為什麼是搭公車啊？」韓宇庭不解地問道。

「啊，因為我要向藍哥炫耀，說我終於會搭公車回家了啊！」

「但是這樣也不必……」

「我就是想要試試看嘛！」

他和龍羽黑正在深夜時段空無一人的公車上，司機是一名看起來很心不甘情不願的中年男子——他在脫下巫師袍以前，是一名看起來法力相當高強的魔法師。

不過再怎麼厲害的魔法師，在龍的面前還是得乖乖聽話。

巫老師蠻橫地從手下裡面隨便一點，「你，就是你，別懷疑，你開公車送龍的妹妹回家。」

「可、可是我不會開公車啊！」

「這可是龍剛才飛回去之前指定的，你要是有什麼問題，自己和龍說去。」

「啊啊，我開，我開！我忽然想起來該怎麼開公車了！」

於是韓宇庭和龍羽黑便安然地坐上了這班公車。

夜晚的街燈就像伸長它們好奇的腦袋般，將昏黃的燈光探入車廂。

不知為何，龍羽黑十分堅持要握緊握把站著，所以韓宇庭也不好意思自己一個人坐下來。

可是……

「你握不到握把耶！」

「別說了……嗚嗚，我想要努力長高！」

「哈！」龍羽黑輕輕一笑，忽然拉起了韓宇庭的手，「算了，我們去坐下來吧！」

「咦，為什麼？怎麼又突然改變心意？」

「沒有為什麼啦！看你一直搖搖晃晃地站著，覺得你很可憐。」

龍羽黑強硬地把韓宇庭拉到自己身旁的位置坐下。

韓宇庭無法抗拒，只能乖乖坐在位置上，只不過他的心情有一點被龍羽黑剛才的理由給刺傷，只好轉過頭望著窗外的風景，藉此轉換心情。

如果他們觀察得仔細一點，就會發現這整條路上幾乎沒有別的車輛，所以儘管是新手上路，一路上倒也開得十分安全。

韓宇庭和龍羽黑當然是不會仔細觀察的了，他們現在實在累得不得了，很快就睡著了。

公車平緩地駛動著，然後，龍羽黑忽然醒了過來。

「啊呀！」

韓宇庭靠在她的肩上睡著了！

但她沒有移動，深怕吵醒了對方……哎呀，畢竟對方比自己還要矮嘛！就別跟他計較了。

人類少年微微張開了嘴巴，輕輕發出了熟睡的鼾聲，嘶～斯～

「你睡著了嗎？」

……沒有回話。

「看樣子是睡著了。」龍羽黑抬起頭。

「有些話啊，你醒著的時候還真是不敢告訴你呢！」

「……嘶……嘶……」

「謝謝你。」

「……呼～」

「謝謝你一直為我著想，關心我的日常生活，關心我有沒有交到朋友。」

「……嘶……」

「謝謝你帶我出去玩，謝謝你教我坐公車，謝謝你替我挑選的衣服，很好看。」

「……呼呼……」

「謝謝你在我最危急的時刻來救我。」

四下無人，當然是四下無人，畢竟這整輛公車只有他們兩位乘客。

龍羽黑垂下頭來，讓柔順的黑髮就這樣覆蓋在韓宇庭的面容上。

啾！

「好啦！這樣也算是便宜你了吧！我、我跟你說，就僅此一次喔！」

再度抬起頭時，黑髮少女滿臉通紅。

少年依舊發出平緩的鼾聲。

「明天也請繼續和我做朋友吧，韓宇庭，晚安。」

公車前方，慢慢浮現出兩棟透出溫暖燈光的屋子，在公車即將抵達時，兩棟屋子的門不約而同地打開了。

他們的家人在等待著，等待屬於這個家的成員靠岸。家是永遠為了讓那艘疲倦的船停泊而開放的港灣。

「我們回家了。」

——《隔壁的美少女是隻龍不可以嗎？01》完

後記

各位讀者大家好，我是甚音。

謝謝大家閱讀《隔壁的美少女是隻龍不可以嗎？》到這裡，不知何時作品的名字變得這麼長了，有時候連自己念出來都會稍微一愣，我自己一直把它暱稱是「鄰家有龍」。

本作原本的構想是在充滿陽光的午後，坐在庭院裡的龍的三姐弟妹以及男主角的悠閒下午茶時光，然後我就真的把他們寫出來了。發現在創作故事的過程中，每個角色都在不斷地央求活出自己的個性，也許是我最大的收穫。

不管怎樣，這是一篇有龍的故事。

雖然這樣講很厚顏無恥，但是甚音過去還是小孩子的時候（正確來說大概是得到中二病的那個年紀），就開始立志要寫奇幻小說。雖然長大以後這條路不知道有沒有偏掉，可是我還是很嚮往創造一處我們都不知道的世界。

不曾踏遍的土地、沒有盡頭的大地、七彩變幻的天空、一望無際的大海……在天空中飛翔的龍、在大地上昂首闊步的龍、在海平面上緩緩升起的龍。

龍具有力量。

雖然這是稍微漫談到一些幻想故事癡迷者的囈語，不過還是希望龍與少年與鄰居的故事能夠輕快有趣，我想為各位敘述更多的種族、境域，而且這一本書裡頭居然光明正大地出現了魔法！

我喜歡像這樣子的荒誕不經。

《隔壁的美少女是隻龍不可以嗎？》的出版有太多的人需要感謝，感謝三日月書版給予機會，感謝許多支持我的朋友們，感謝包容我的家人，此外，我要特別感謝正在讀這本書的你。

感謝繪師雨宮 luky，說來可能很難以置信，但在我寫最後一段劇情時，因為看見了雨宮大為本書繪製的圖片而有了新的動力，最後才可以一口氣把所有路程跑完。

感謝編輯，感謝妳的包容與忍耐，對於這麼糟糕的寫作者如我，能夠遇到像妳這樣的編輯實在由衷感到幸運，我決定把感謝化為實際的作為，努力寫出蜥蜴人！（編輯曰：你不要再給我拖稿就行了，怒！）

希望大家在讀完本書之後，能夠不吝給予批評與賜教，我會感激不盡。這個世界還有許多未知未探索的地方，我很期待能夠向各位一一揭開它的謎團。

此書我想獻給一段已然過去而且青春無知的歲月。

獻給玉玲老師。

謝謝。

甚音

高寶書版集團
gobooks.com.tw

輕世代 FW128
隔壁的美少女是隻龍不可以嗎？01

作　　者　甚　音
繪　　者　雨宮luky
編　　輯　林紓平
校　　對　林思妤
美術編輯　陸聖欣
排　　版　彭立瑋
責任企劃　林佩蓉

發 行 人　朱凱蕾
出　　版　英屬維京群島商高寶國際有限公司臺灣分公司
　　　　　Global Group Holdings, Ltd.
地　　址　臺北市內湖區洲子街88號3樓
網　　址　gobooks.com.tw
電　　話　(02) 27992788
電　　郵　readers@gobooks.com.tw（讀者服務部）
　　　　　pr@gobooks.com.tw（公關諮詢部）
傳　　真　出版部　(02) 27990909　行銷部 (02) 27993088
郵政劃撥　19394552
戶　　名　英屬維京群島商高寶國際有限公司臺灣分公司
發　　行　希代多媒體書版股份有限公司/Printed in Taiwan
初版日期　2015年3月

國家圖書館出版品預行編目(CIP)資料

隔壁的美少女是隻龍不可以嗎？/ 甚音著.-- 初版. -- 臺北市：高寶國際, 2015.03-
冊；　公分. --

ISBN 978-986-361-115-8(第一冊：平裝)

857.7　　103027951

三日月書版

三日月書版

GOBOOKS
& SITAK
GROUP©

GOBOOKS
& SITAK
GROUP©